地獄王

지옥왕 6

요도 김남재 신무협 장편소설

ORIENTAL FANTASYSTORY & ADVENTURE

dream books
드림북스

지옥왕(地獄王) 6

초판 1쇄 인쇄 / 2012년 11월 13일
초판 1쇄 발행 / 2012년 11월 16일

지은이 / 김남재

발행인 / 오영배
편집팀장 / 권용범
책임편집 / 편집부
펴낸 곳 / (주)삼양출판사·드림북스

주소 / 서울특별시 강북구 송천동 322-10호
대표 전화 / 02-980-2112 팩스 / 02-983-0660
편집부 전화 / 02-980-2116 팩스 / 02-983-8201
블로그 / blog.naver.com/dreambookss

등록번호 / 제9-00046호
등록일자 / 1999년 3월 11일

ⓒ 김남재, 2012

값 8,000원

(주)삼양출판사·드림북스의 서면 허락 없이는 어떠한
형태나 수단으로도 이 책의 내용을 이용하지 못합니다.

ISBN 978-89-542-4982-9 (04810) / 978-89-542-4833-4 (세트)

* 지은이와 협의하에 인지는 생략합니다.
* 잘못된 책은 구입한 곳에서 바꾸어 드립니다.

요도 김남재 신무협 장편소설

ORIENTAL FANTASYSTORY & ADVENTURE

지옥왕

地獄王

6

dream books
드림북스

地獄王
지옥왕

第一章 격변(激變) · 007
- 첫 번째는 너야

第二章 면죄부(免罪符) · 033
- 살 방도를 찾았다

第三章 지주 · 075
- 지옥왕 너는 죽는다

第四章 뒷정리 · 115
- 이십 년이 걸렸어

第五章 늑대 사냥꾼 · 141
- 반드시 지키시오

第六章 섬서지부 · 169
- 애송이들을 보내다니

第七章 쌍귀(雙鬼) · 195
- 절대고수란 이런 것이다

第八章 중요한 임무 · 225
- 회수해야겠어

第九章 천중산(天中山) · 251
- 네가 해 줘야 해

第十章 작은 임무 · 279
- 반드시 완수할게요

第一章
격변(激變)

첫 번째는 너야

마교 교주 헌원기의 손이 부들부들 떨렸다.

'없어.'

떨리는 건 비단 손뿐만이 아니다. 교주만이 아는 비밀 공간을 바라보고 있는 눈동자 또한 초점을 잡기 힘들 정도로 떨리고 있었다.

헌원기는 비어 있는 공간을 향해 자신도 모르게 손을 뻗었다. 하지만 그 무엇도 손에 잡히지 않는다.

당연하다.

눈에 보이는 것처럼 서책 몇 권을 제외하고는 그곳에 존재하는 것은 없었으니까.

콰앙!

헌원기가 주먹으로 벽을 내리쳤다.

있을 수도 없고, 있어서도 안 될 일이 벌어졌다. 교주만이 아는 비밀 공간에, 그것도 혈왕에게 건네야 할 중요한 물건이라고 들었다.

그것이 사라졌다.

전신이 떨려 오는 건 당연했다.

백노가 직접 와서 자신에게 신신당부한 물건이다. 그만큼 혈왕에게 중요한 물건이라는 소리인데 그런 걸 잃어버렸다. 그 말은 곧 지금 헌원기의 자리와 목숨, 그 모든 것이 위험하다는 말이 된다.

헌원기는 방 안을 안절부절못하며 돌아다니기 시작했다. 이 있어선 안 될 사태에 당황한 그는 연신 자신의 손톱을 깨물며 중얼거렸다.

"젠장. 젠장."

서성거리며 머리를 쥐어짜 봤지만 별다른 묘책이 떠오르지 않는다.

대체 어떻게 이 같은 일이 벌어진 것인가.

이 비밀 장소를 아는 것은 자신뿐이다. 아니, 그날 자신이 이곳을 여는 걸 보았으니 백노도 알 것은 분명하다.

만약 이곳에서 물건이 사라졌다면 의심할 수 있는 건 오로

지 백노뿐이다. 그러나 백노가 다시 그 물건을 훔쳐갔다는 건 선뜻 이해가 가지 않는다.

하나 그것이 아니라면 설명이 되지 않는 일이기도 했다.

그녀가 아니라면 누가 다시금 이 비밀 장소를 알고 그 물건만 훔쳐간단 말인가.

갑작스럽게 사라진 모양새도 수상하다.

적월이라는 놈을 탐내며 마교에서 반반하게 생긴 사내놈들을 추리려던 그녀가 아니던가. 그런 그녀가 갑작스레 사라졌다. 그것도 이상하다 생각했는데…….

하지만 과연 이게 백노의 짓일까?

대체 이런 일을 해서 그녀가 얻는 것이 무엇이 있다고?

헌원기의 머릿속에서는 두 가지 생각이 엉켰다.

백노가 가져갔을 거라는 의심과, 그렇다 해서 그녀가 얻을 것이 무엇이 있는가 하는 것에 대한 고민들.

복잡한 머리 탓인지 생각도 시시각각 변하고 있다.

의심했다가 다시 그럴 리 없다고 고개를 젓는다.

흡사 미친 광인처럼 그 같은 행동을 하던 헌원기였지만 하나 변하지 않는 사실이 있다.

바로 그 물건이 사라졌다는 것이다.

'결단을 내려야 해.'

이대로 앉아서 당할 수는 없다.

그냥 있다가는 모든 죄를 자신이 뒤집어쓰게 될 것이다. 하나 이 죄를 어떻게든 백노에게 돌릴 수만 있다면…… 적어도 이 자리를 부지하는 건 가능할지도 모른다.

생각이 거기까지 미치자 헌원기는 두 눈을 부릅떴다. 보이지 않던 아주 조그마한 빛이 눈에 들어오기 시작한 것이다.

헌원기가 자리에서 벌떡 일어났다.

백노에게 이 죄를 뒤집어씌우기 위해서는 그녀의 행동들을 완벽하게 알아야 한다.

갑작스레 사라진 백노, 그녀의 이후의 행동들을 파악한다. 그것이 자신의 자리를 유지하기 위해 가장 먼저 할 일이었다.

'서둘러야겠군.'

가장 먼저 할 일은 서역으로 사람을 보내 백노를 조사하는 것이다.

하지만 헌원기는 모르고 있었다.

그토록 찾고 있는 물건이 바로 자신의 지척에 있다는 사실을.

*   *   *

안절부절못하는 헌원기와 다르게 정작 지혈석을 지니고 있는 적월은 태연했다. 그는 부피가 큰 상자에서 지혈석으로 만들어진 단검을 꺼내 새카만 전낭에 넣고 품속에 간직했다.

그 크기가 무척이나 작았기에 전혀 티조차 나지 않았다.

적월이 졸린 눈으로 길게 기지개를 켤 때였다.

어느새 옆으로 다가온 동준이 말을 걸어왔다.

"잠 잘 못 잤어? 피곤해 보이는데."

"요새 이상하게 잠이 잘 안 와서 말이야."

적월은 대충 말을 둘러댔다.

가뜩이나 그리 오랜 시간 잠을 자지 않는 적월이다. 그런 그에게 얼마 전 살문 초운학에게서 보고서가 날아들었다.

적월이 일전에 건넸던 자들의 신상명세가 바로 그것이었다. 벌써 전부 알아 온 것은 아니지만 반수 이상의 정보는 이미 적월의 손에 있었다. 그 탓에 적월은 잘 시간도 쪼개며 그들의 정보를 살폈다.

문제는 수상해 보이는 자들이 한둘이 아니라는 것이다. 예상보다 훨씬 많은 이들이 명객으로 의심되고 있다. 만약 그것이 사실이라면 월영천대 안에는 꽤나 많은 명객들이 있을 게 자명하다.

적월은 주변을 휘둘러봤다.

월영천대 무인들이 눈에 들어온다. 이 안에 그토록 많은 명객이 숨어 있을 거라 생각하니 쉬이 눈이 떨어지지 않는다.

오늘의 임무가 끝났기에 적월은 자리에서 일어났다. 그러고는 옆에 앉아 있던 동준의 어깨를 가볍게 두드리며 말했다.

"나는 이만 들어가 볼게. 잠을 못 자서."

"그래, 고생했다."

동준과의 인사를 마친 적월은 그대로 자신의 거처로 돌아가려는 듯이 월영천대의 거점을 빠져나왔다. 하지만 정작 그곳을 나온 적월이 향하는 곳은 자신의 거처가 아니었다.

적월은 마교의 외각으로 나섰다. 그리고 가는 길에 조그마한 주점에 들러 싸구려 술 한 병도 구입했다.

그렇게 천산의 등선을 따라 움직이던 적월이 멈춘 것은 조그마한 무덤 앞이었다.

묘비 하나 세워져 있지 않은 무덤은 만들어진 지 얼마 되지 않은 탓에 아직 채 흙마저 마르지 않았다. 풀 한 포기 자라지 않아 뭔가 쓸쓸해 보이는 무덤 앞에 적월이 주저앉았다.

무덤을 바라보던 적월이 입을 열었다.

"나 왔다."

하지만 무덤에 들어간 자가 대답을 할 리 만무했다.

이곳은 다름 아닌 얼마 전 죽은 혈전대 대주 추잔양의 무덤이었다. 직속상관이었던 헌원기의 명을 따른 탓에 오히려 죽는 그 순간까지 초라했던 그 바보 같은 놈의 무덤.

적월은 손에 들고 있던 술병의 마개를 열어 무덤 위쪽으로 대충 휙휙 뿌려 댔다.

값싼 화주답게 독한 냄새가 사방으로 진동했다.

대충 무덤가에 술을 뿌린 적월이 병을 내려놓으며 다시금 말을 걸었다.

"날 배신했던 놈에겐 이런 싸구려 술도 과분하지."

탓하듯 말하고 있지만 그 어투에서 결코 원한이 느껴지지 않는다.

적월이 천천히 무덤에 기대어 앉았다.

마교에 온 지도 시간이 조금 흘렀다. 뜻밖의 수확도 있었고, 어느 정도 단서들도 찾아 나가고 있다.

마교로 돌아오면 화려한 복수를 하리라 그리 다짐했었다. 하지만 그랬던 다짐도 죽어 가는 추잔양의 모습을 보고 조금은 변해 버렸다.

자신에게 직접적으로 칼을 들이댔던 혈전대 전원은 죽었고 남은 거라고는 헌원기와 명객들뿐이다.

흘러 버린 시간의 무상함이 절절히 느껴져 오히려 가슴이 시리다.

적월은 술병에 조금 남아 있는 화주를 들이켰다.

쓰다. 지독하게 쓴 이 술이 그리도 먹고 싶어 환생한 이후 부모님 눈치를 보며 술집을 기웃거리던 것이 기억난다.

피식.

어릴 적 기억에 자신도 몰래 웃음 짓던 적월이 이내 술병을 내려놓았다.

그가 한결 가라앉은 목소리로 입을 열었다.

"오늘부터 복수를 시작할 거야. 그리고 그 복수의 일부는…… 너를 위한 마지막 내 선물이라고 생각해."

헌원기는 아직 이르다.

그보다 먼저 제거해야 할 자가 있다. 이번 초운학이 전해준 보고서를 보고 조금 더 확신을 가진 상대.

월영천대 대주 극일도다.

명객일 확률이 오 할, 아닐 확률이 오 할이다.

하지만 상관없다.

설령 명객이 아니었다 해도 그에겐 죽어서 갚아야 할 죄목이 있으니까.

헌원기의 수하로 자신의 옆에 숨어 일거수일투족을 살폈으며 자신에게 독을 먹게 만든 결정적인 자다.

그런 그를 오늘 죽일 것이다.

여태까지 극일도를 의심하면서도 참고 있었지만, 보고서를 통해 조금 더 확신을 가질 수 있었고 또 생각보다 많은 명객을 보면 한 번에 처리하기보다는 가지를 쳐 나가듯 정리하는 게 낫다는 판단을 내린 탓이다.

그리고 이 마교의 일을 한시바삐 정리하고 싶은 마음도 그런 결정을 내리는 데 한몫했다.

적월이 무덤에 기댄 채로 하늘을 올려다봤다.

겨울 하늘이 무척이나 시리다.

적월이 나지막이 입을 열었다.

"네가 없는 마교는…… 생각보다 재미가 없구나."

말을 마친 적월은 무덤에 기댄 그대로 눈을 감았다. 극일도를 죽이기까지는 아직 시간적 여유가 많이 남아 있었다.

축시(丑時)가 지난 늦은 밤이었다.

마교의 외곽 지역은 깊은 어둠에 감싸였다. 시끄럽던 기루들도 이 시간쯤 되니 하나둘씩 그 불이 꺼지기 시작했다.

점점 조용하게 변하는 그 거리를 한 중년의 사내가 걷고 있었다. 차가워 보이는 인상의 사내는 술 때문인지 볼이 붉게 물들어 있었다.

바로 그 사내가 월영천대의 대주 극일도였다.

그리고 극일도의 뒤, 오 장 정도 떨어진 곳에 그런 그를 뒤쫓아 걷는 적월이 있었다.

극일도는 휘청거리며 인적이 드문 산길로 들어섰다.

오늘은 늦은 시간까지 술자리가 있었다. 그 사실을 알고 있었기에 적월은 미리 극일도가 있는 기루 바깥에서 기다렸고, 마침내 그의 뒤를 따라 걷게 된 것이다.

산길로 들어선 지 일각가량이 흘렀을 때였다.

휘청거리며 걷던 극일도의 발이 갑자기 멈추었다.

몸도 채 가누지 못할 정도로 취해 있던 그가 갑작스레 몸을 우뚝 세운 것이다. 극일도가 고개를 돌려 뒤를 바라봤다. 그리고 그곳에는 죽립으로 얼굴을 감추고 있는 적월이 있었다.

애초부터 기척을 감추지도 않았고, 또 숨을 생각도 없었다.

극일도의 얼굴에서 취기가 사라지며 냉랭한 기운만이 감돌았다. 몸을 돌린 그가 허리춤에 있는 장검에 손을 얹으며 입을 열었다.

"아까부터 날 쫓아오던데…… 뭐 하는 쥐새끼냐?"

자신에게 쥐새끼라 부르는 극일도를 보며 적월은 비웃음을 흘렸다.

적월이 입을 열었다.

"누가 누구보고 쥐새끼라는 거야? 진짜 쥐새끼 주제에."

"감히 내가 누군지 알고나 그런……."

"마중천검 극일도. 아니, 이십 년 전까지 교주 용무련의 몸종으로 있던 놈이라고 해 줘야 하나?"

적월의 그 한마디에 극일도는 깜짝 놀라 버렸다.

그도 그럴 것이 그 사실을 알고 있는 자는 단 하나도 남지 않은 탓이다.

용무련을 따르던 몸종들은 모조리 죽였다. 그 탓에 일개 몸종으로 신분을 위장하고 있던 자신을 기억하는 이는 그 누구도 없었다.

극일도는 놀란 어조로 말했다.

"그 사실을 아는 놈은 모두 죽었을 텐데."

"그것만 아는지 알아? 실제로 용무련을 죽인 건 헌원기가 아니라 혈전대라는 것도 알고 있는데. 대단한 사실 하나 감추려고 그 많은 사람들을 죽였는데 어쩌나? 내가 살아 있어서."

적월이 능글거리듯이 말했다.

그런 적월을 바라보며 극일도는 미간을 찌푸렸다.

대체 누구기에 이 같은 일을 알고 있는지 의문이다. 하지만 얼굴을 감추고 있는 탓에 상대의 정체를 전혀 파악할 수가 없다.

하나 왠지 모르게 귀에 익은 목소리. 분명 어디선가 들어본 적이 있다.

극일도가 입을 열었다.

"목소리가 귀에 익은데. 이만 정체를 밝히지?"

"뭐, 애초부터 숨길 생각은 없었어."

말을 마친 적월이 얼굴을 가리고 있는 죽립을 천천히 벗어버렸다. 그리고 그 얼굴을 마주한 극일도가 표정을 구겼다.

"너는……."

왜 모르겠는가. 교주의 명으로 월영천대에 새로 받은 자다.

얼굴을 본 지 그리 오래되지 않았기에 확실히 기억이 난다.

동시에 의문이 생겨난다.

저런 새파란 놈이 어떻게 그 일을 안단 말인가.

극일도는 기억을 더듬어 힘들게 상대의 이름을 기억해 냈다.

"네놈의 이름이 이제야 기억나는군. 적월. 바로 그놈이로군."

"맞아. 내 이름은 적월이지. 하지만 또 다른 이름으로도 불렸는데 말이야. 아마도 무척이나 귀에 익은 이름일 거야."

"또 다른 이름?"

적월이 되묻는 극일도를 바라보며 말했다.

"내 이름은 적월. 그리고 아주 오래전에는…… 용무련이라 불렸지."

"……뭐?"

자신을 용무련이라 밝힌 적월을 잠시 멍하니 바라보던 극일도는 이내 크게 웃음을 터트렸다.

"크크크! 단단히 미쳤구나."

당연한 반응이다. 그의 죽음에 깊게 관여되었던 극일도다. 그런 극일도가 용무련의 죽음에 대해 모를 리가 없다. 그토록 사지가 갈가리 찢겨져 나갔는데 어찌 살아서 눈앞에 있다는 말인가.

일순 긴장했던 자신의 모습이 부끄러울 지경이다.

하지만 극일도의 그런 반응은 적월 또한 예상했던 바다.

냉랭한 표정의 극일도의 몸 주변에서 한기가 쏟아져 나왔다. 기운을 쏟아 내는 극일도를 바라보며 적월은 말없이 천으로 감싸고 있던 요란도를 끄집어냈다.

모습을 감추고 있던 요란도가 모습을 드러냈다.

파앙.

도집에서 튕겨져 나온 요란도가 적월의 손에 들렸다. 그리고 그 보랏빛 광채는 어두운 밤에도 불구하고 흡사 달빛처럼 주변을 은은하게 밝혔다.

비웃음을 토하고 있던 극일도의 표정은 요란도를 보자 다시금 변했다.

"요란도?"

"알아볼 거라 생각했어."

"대체 어디까지 연극을 할 생각이냐?"

"연극이라. 뭐, 그리 생각하고 싶다면 계속 그렇게 생각하라고."

굳이 자신이 용무련이라는 걸 상대에게 납득시킬 이유가 없다. 어차피 지옥에 간다면 알게 될 일.

적월이 내력을 불어 넣은 요란도를 들고 껑충 뛰어올랐다.

둘 사이의 거리가 순식간에 좁혀져 들어 왔다.

그리고 묵직한 공격이 극일도를 향해 떨어져 내렸다.

날아드는 요란도를 보며 극일도는 다급히 허리춤에 차고 있는 장검을 발검했다. 극한에 가까울 정도의 빠른 손놀림은 흡사 검을 채찍처럼 휘어 보이게끔 만들었다.

검은 도를 내리치는 적월의 목을 노리고 있었다.

바로 그때 적월의 손목의 방향이 비틀렸다.

도의 손잡이 부분이 정확하게 날아드는 극일도의 검날을 쳐 냈다. 그리고 기회를 놓치지 않은 적월은 그대로 몸을 회전시키며 뒷발로 상대의 가슴팍을 걷어차 버렸다.

공격은 거기서 끝이 아니었다.

몸을 회전시키는 탄력을 이용하여 발길질과 동시에 요란도가 상대를 노리고 원을 그렸다.

서컹.

도가 상대의 턱을 스치고 지나갔다.

"큭."

발길질에 당한 고통을 채 느끼기도 전에 턱에서 피가 터져 나왔다. 극일도는 단숨에 두 번의 공격을 허용하며 뒷걸음질 쳤다.

피가 연신 뚝뚝 떨어져 내리며 바닥을 적셨다.

쾌검으로 정평이 난 극일도다. 그가 펼치는 모든 검술이 빠름을 기본으로 하고 있기에 속도에서만큼은 그 누구에게도 쉬이 뒤떨어지지 않는다고 자신했다.

그런데 지금 그런 자신의 공격을 상대는 너무나 단순하게 막아 내고 있다.

세워져 날아가는 검날을 도 손잡이로 내리치며 떨어트렸다. 그것이 과연 쉬운 일일까?

절대 아니다.

얇은 날을 지닌 검신, 그리고 지독하게도 빠른 쾌검이 뒤섞였다. 그런 공격을 이 같은 방법으로 막는다는 건 엄청난 무공 실력도 중요하지만 담력과 경험이 필요하다.

극일도는 더 생각을 이어 갈 틈이 없었다.

채 숨 한 번 몰아쉴 틈도 없이 적월이 다가왔다.

보랏빛 광채가 일순 주변을 뒤덮었다. 사방이 도의 사정거리다.

피해야 할 곳이 보이지 않는다.

"이익!"

막아 내야 한다.

순간 극일도의 등 뒤에서 아홉 개의 빛이 쏟아져 나왔다.

그것은 얇디얇은 실로 연결되어 있는 아홉 자루의 비수였다. 하지만 실 또한 칼로도 자르지 못할 정도의 강도를 지닌 것이었고, 내력이 담기며 그것은 흡사 검기와도 같이 변해 버렸다.

촤라락.

일순 펼쳐지는 공격에 적월은 요란도의 방향을 선회하며 날아드는 비수들을 쳐 냈다. 보통 사람이라면 채 반응도 하기 전에 아홉 개의 비수에 전신을 난자당했을지도 모르는 예상하기 힘든 공격이었다.

적월을 잠시나마 물러나게 한 극일도는 아주 조금이지만 숨을 쉴 틈을 벌었다.

거리를 벌린 적월이 계속해서 몸 주변에서 돌고 있는 아홉 자루의 비수를 바라봤다.

"생각지도 못한 공격이었어. 이런 잔재주가 있을 줄은 몰랐는데 말이야."

"정말 네놈 정체가 뭐냐?"

비웃는 듯한 어조는 사라진 지 오래다.

반쯤 잠긴 목소리에서는 적월에 대한 경계심이 잔뜩 묻어 있었다.

그런 극일도를 향해 적월이 재차 말했다.

"아까 말했잖아. 용무련이라고."

"개 같은 소리 지껄이지 말고!"

자신을 향해 버럭 소리치는 극일도를 보며 적월은 말없이 내공을 움직이기 시작했다. 천마신공을 극성까지 이룬 적월의 몸 주변으로 기이한 기운이 형상화됐다.

태산마저 압도하는 박력이 적월의 몸에서 풍겨져 나왔다. 그 기운을 정면으로 받은 극일도는 자신도 모르게 무릎을 꿇을 뻔했다.
　천마신공의 기운을 느낀 극일도의 얼굴 표정이 급속도로 변했다.
　"이건……."
　극일도가 천마신공에 대해 모를 리가 없다. 교주만이 익힐 수 있는 무공이라는 천마신공, 지금의 교주인 헌원기조차 아직 극성에 다다르지 못했다.
　그런데 눈앞에 있는 젊은 사내에게서 헌원기에게서조차 풍기지 않는 천마의 기운이 터져 나온다.
　최근의 교주들 중 천마신공을 극성까지 익힌 이는 오직 한 명뿐이다.
　전대 교주 용무련.
　본인이 용무련이라는 말에 코웃음만 치던 극일도였지만 상황이 이렇게 되어 가니 그 말도 안 되는 소리가 우습게도 점점 사실이 아닐까 의문스럽기 시작한다.
　'정말…… 용무련이란 말인가?'
　하지만 어떻게!
　분명 사지가 찢겨져 나가는 걸 두 눈으로 똑똑히 보았는데 그런 그가 어찌 살아 있을 수 있단 말인가.

그 순간 극일도는 한 가지 이야기를 생각해 냈다.

그것은 바로 지옥왕에 관련된 것이었다.

"설마 염라가 보냈다는 지옥왕이……."

"역시 명객이었군."

적월은 혼자 중얼거리는 극일도의 모습에서 상대가 명객임을 완전히 파악할 수 있었다.

애초부터 명객일 거라 예상하고 있던 상대였기에 크게 놀랍거나 반갑지도 않았다. 적월이 무덤덤하니 내뱉은 말을 들은 극일도 또한 반응했다.

명객이라는 단어를 내뱉은 이상 상대의 정체가 누구인지는 확실해졌다. 하지만 그럼에도 불구하고 극일도는 믿을 수 없다는 듯 중얼거렸다.

"말도 안 돼. 지옥왕이…… 용무련이라니."

놀란 듯이 두 눈을 치켜뜨고 자신을 바라보는 극일도를 향해 적월이 입을 열었다.

"너무 억울해할 필요 없어. 네가 처음 가는 거긴 하지만 곧 월영천대에 박혀 있는 네 동료들도 모두 지옥으로 따라갈 테니까."

"우, 웃기지 마라!"

상대가 용무련이라는 것도, 또 그가 지옥왕이라는 것도 극일도에게는 큰 충격으로 다가왔다. 여태 지옥왕의 행보에 대해 극일도도 잘 알고 있다.

그의 손에 명객들이 죽어 나가고 있다.

극일도 또한 보통 명객에 불과한 몸, 자신이 지옥왕을 이길 수 없다는 것을 잘 알고 있었다.

어떻게든 도망가서 이 사실을 알려야 한다고 느꼈다. 하지만 과연 저자를 상대로 도망칠 수 있을까?

극일도는 딱딱하게 굳은 얼굴로 내기를 운용하기 시작했다. 상대는 지옥왕이다. 어중간한 수로 어찌해 볼 상대가 아니라는 소리다. 아홉 개의 단도가 흡사 나뭇가지처럼 꼿꼿이 허공으로 솟구쳐 올랐다.

적월은 살의를 불태우는 극일도를 보며 요란도를 들어 올렸다.

적월이 극일도를 향해 비웃듯 말했다.

"버릇을 잘못 들이면 기르던 개가 주인을 문다더니만…… 딱 네놈 이야기구나."

"시끄럽다!"

고함을 내지르며 극일도가 달려들었다.

손에 들린 장검이 빠르게 허공을 난자한다. 그리고 그와 동시에 아홉 개의 단도가 스치듯이 적월을 베고 지나갔다.

단 한 호흡에 벌어진 지독할 정도의 빠른 공격.

아홉 자루의 단도들이 정확히 목표에 명중했다. 아니, 분명 그런 줄만 알았다.

투두둑.

허공으로 솟구쳐 있던 단도들이 땅으로 떨어져 내렸다. 그리고 동시에 적월을 베고 지나갔다 생각하고 있던 극일도의 안색도 새파랗게 변했다.

어느새 극일도의 뒤를 점한 적월이 몸을 반쯤 굽히고 있는 등을 내려다보며 천천히 입을 열었다.

"주인을 문 개는…… 역시 죽어야지."

　　　　　＊　　＊　　＊

헌원기가 자신의 거처에서 다른 누군가와 함께 자리하고 있었다. 헌원기의 앞에서 부복하고 있는 이는 다름 아닌 그의 직속 수하였다.

헌원기가 내린 모든 명을 전달하고 수행하는 자.

그리고 헌원기에게 오는 모든 것을 중간에서 정리하고 보고하는 이로 심복 중의 심복이었다.

이름보다는 현마(玄魔)라 불리는 그는 크게 두각을 드러내고 있는 자는 아니다. 하지만 실질적으로는 헌원기의 가장 가까운 수족으로 마교 내의 모든 일을 관리 감독한다.

헌원기는 늦은 밤 찾아온 현마를 바라봤다.

평소 별다른 감정의 동요를 보이지 않는 그가 오늘 따라 왠지 모르게 긴장한 얼굴이다.

헌원기가 현마를 바라보며 물었다.

"진전이 있는 일이 있느냐?"

"없습니다."

"젠장, 도대체 이 무슨 일이란 말인가."

헌원기가 자리를 박차고 일어났다.

최근 들어 벌어지는 일 때문에 헌원기는 인생에서 가장 힘든 시기를 보내고 있다 해도 과언이 아니었다. 잠도 잘 자지 못하고 식사조차 입에 들어가지 않는다.

가장 큰 문제는 역시나 혈왕에게 조공했어야 할 물건이 사라진 것이다.

한데 이것도 이상하다. 탈랍으로 돌아간다 했던 흑백쌍노가 실종되었다. 그들은 탈랍으로 가지도 않았고, 심지어 그들이 가는 걸 본 이들조차 단 하나도 없다.

흑백쌍노의 갑작스러운 실종은 어찌 보면 헌원기에게는 득이 될 수도 있다. 물건이 사라진 것을 그들에게 뒤집어씌울 수 있는 절호의 기회이기도 했으니까.

물론 그건 모험이다.

그런 모함을 했거늘 혹여나 그들이 갑자기 모습을 드러내서 그런 일이 없다 하면 곤란해질 수도 있는 입장이다.

그리고 또 다른 문제.

그건 바로 월영천대 대주 극일도의 실종이다.

흑백쌍노와 마찬가지로 극일도 또한 실종되었다. 마교 바깥으로 회합이 있어 나갔던 그가 돌아오지 않았다. 벌써 보름이 넘는 시간을 찾았지만 아무런 단서조차 발견되지 않는다.

비록 극일도가 명객이기는 했으나, 어딘가를 갈 때는 무조건 마교의 체계를 따르게 되어 있었다. 그랬기에 그는 단 한 번도 헌원기에게 아무런 말 없이 마교를 비운 적이 없다.

그런 극일도가 사라졌다.

방 안을 서성이며 헌원기가 중얼거렸다.

"대체 무슨 일이 벌어지는 거야. 왜 모두들 하나같이 실종되는지 모르겠군."

이 모든 일들이 결코 우연이라는 생각은 들지 않는다. 무엇인가 헌원기 자신이 모르는 일련의 사태가 벌어지고 있을 거라는 불길한 예감이 든다.

물건도 실종되고, 흑백쌍노도 실종되었으며, 극일도마저 실종됐다. 이제는 실종이라는 말만 들어도 진저리가 날 지경이다.

안절부절못하고 서성이는 헌원기를 바라보던 현마가 조심스럽게 말을 꺼냈다.

"교주님, 또 드릴 말씀이 있습니다."

"뭔데 또? 제발 또 누가 실종됐다는 말은 아니었으면 좋겠는데."

골치가 아프다는 듯 양 미간을 손가락으로 꾹꾹 누르며 헌원기가 말했다. 그러자 현마가 고개를 저으며 대답했다.

"다행히 그건 아닙니다만……."

"그래? 그럼 다행이군."

안도의 한숨을 내쉬던 헌원기는 머뭇거리는 현마를 바라봤다. 대체 무슨 일이기에 그가 이토록 망설이고 있는 것일까?

헌원기가 재촉하듯 말했다.

"뭔데 그래?"

"그것이…… 지주께서 오신답니다."

"뭐야?"

놀란 헌원기는 두 눈을 크게 치켜떴다. 왜 지주가 마교에 온단 말인가. 그는 마교와는 전혀 연관이 없는 자다. 헌원기가 알고 있기로 지주는 황궁을 담당하고 있다고 들었다.

시기가 너무 이상하다.

최근 들어 벌어진 이상한 일들, 그리고 갑작스러운 지주의 등장.

'혹시 그 물건 때문이라면…….'

헌원기의 안색이 창백하게 변했다.

혹여나 그 물건 때문에 지주가 오는 것이라면 분명 큰 사달이 벌어질 것이다. 하지만 이내 헌원기는 고개를 저었다.

물건 때문이라면 마교와 연관이 있는 인주가 움직였어야 정상이다. 여태까지 마교의 일에 전혀 개입하지 않은 지주가 움직였다면 별개의 문제로 움직였을 공산이 크다.

하지만 대체 지주가 별개의 문제로 이곳 마교로 올 이유가 무엇이란 말인가?

헌원기가 떨리는 목소리로 물었다.

"왜 오시는지는 못 들었느냐?"

"정확히는 잘 모르겠습니다만 누군가 이곳에서 만날 자가 있다고……."

"도대체 이 무슨."

헌원기의 입에서 탄식이 터져 나왔다.

지주는 흑백쌍노와 같은 자와는 그 급이 다르다. 그들은 헌원기로서는 마주 보고 있는 것조차 힘든 자들이다.

실질적으로 명객들을 이끄는 자.

그들이 바로 회주다.

그중 하나인 지주가 바로 이곳으로 오고 있다.

도대체 왜……!

第二章
면죄부(免罪符)

살 방도를 찾았다

 요새 헌원기는 하루하루를 가시방석 위에서 사는 기분이었다. 하루가 다르게 수척해져 갔고, 두통에 시달리고 있다.
 그런 그를 위해 마교의 의원들이 많은 약재를 준비해 왔지만 그것은 몽땅 무용지물이었다. 애초부터 몸에 난 병이 아닌 마음의 병이니 그런 약으로 치유가 될 턱이 없었다.
 헌원기는 저녁도 거른 채 방 안에 앉아 초조히 수하인 현마의 연락만을 기다리고 있었다.
 지주가 온다는 말을 전해 들은 지 벌써 열흘하고도 닷새가 지났다. 그날 이후 지주가 이곳에 오는 이유를 파악하기 위해 떠났던 현마가 아직까지도 아무런 소식이 없다.

적어도 지주가 이곳에 오는 이유는 알아야 헌원기 스스로가 어찌 처신해야 할지 정할 수 있지 않겠는가.

지주가 늦더라도 며칠 내에 마교에 도착할 것이다.

헌원기에게 주어진 시간은 그리 많지 않았다.

그리고 마침내 그토록 기다리던 현마가 헌원기의 앞에 모습을 드러냈다.

교주의 처소 내에 있는 비밀 탈출구의 문이 갑자기 열리며 그곳으로 현마가 모습을 드러낸 것이다. 복색은 엉망이었고 얼굴도 지친 기색이 역력하다.

아마도 그날 이후 제대로 잠 한숨 못 자고 백방으로 뛰어다니며 명객들 중 이번 일에 대해 알 만한 자들에게 연락을 취했을 게 자명하다.

무척이나 지쳐 보였지만 현마는 먼저 헌원기에게 예를 취했다.

"교주님을 뵙습니다."

"예는 됐다! 그보다 갔던 일은 어찌 되었느냐?"

헌원기는 황급히 손을 저으며 물었다.

그러자 현마가 고개를 끄덕이며 답했다.

"지주께서 이곳에 오시는 이유는 알아냈습니다."

"나와 상관이 있더냐 없더냐?"

헌원기가 굳은 표정으로 현마를 바라봤다.

가장 궁금한 것은 바로 이것이었다. 과연 지주가 찾아오는 것이 자신과 어떠한 연관이 있는지에 대해서 알아야만 했다.

최악의 경우 헌원기는 힘겹게 이룬 이 모든 것을 버리고 도망쳐야만 하는 상황에 직면할지도 모른다.

현마는 자신을 향한 헌원기의 강렬한 시선을 느끼며 입을 열었다.

"교주님과 아무런 상관이 없습니다."

"확실하더냐?"

"네. 어렵사리 지주님과 함께 오고 있는 자들과 연락을 취해서 정보를 조금 구해 봤는데 교주님과는 전혀 연관이 없습니다."

"그래?"

안절부절못하고 있던 헌원기의 얼굴에 그나마 실낱같은 핏기가 감돌았다. 깊게 안도의 숨을 내쉬며 의자에 걸터앉은 헌원기가 물었다.

"내가 아니라면 누굴 만나러 오신다는 건지 전해 들었더냐?"

"그것이…… 정확하게 말하자면 만나러 오신다기보다는 죽이러 오신다는 게 맞을 겁니다."

"죽이러 와? 지주께서 직접?"

말을 전해 들은 헌원기가 놀란 표정을 지어 보였다.

다른 이도 아닌 지주가 직접 누군가를 죽이러 온다니 쉬이 믿어지지 않는다.

휘하에 있는 명객들의 숫자만 해도 어마어마할 것이다. 그럼에도 불구하고 왜 지주가 직접 찾아와서 죽이려고 한단 말인가. 그 누군가를 처리하기 위해서는 수하들만 보내도 그만이다.

그런데도 불구하고 이 멀리 떨어진 신강까지 높은 직책의 그가 직접 찾아와 죽여야 할 상대라면…… 보통 중요한 인물이 아니라는 소리다.

헌원기가 말을 이었다.

"대체 지주께서 죽이려 하는 게 누구냐?"

"정확히 누구라고 말해 주지는 않았고 그냥 지옥왕이라고 합니다."

"지옥왕?"

그건 또 무엇이냐는 듯한 표정이다.

지옥왕은 명객들 사이에서는 이미 유명인이었지만 헌원기에게는 생소한 단어일 뿐이다.

높은 위치에 있고 많은 것을 가졌지만 그것은 그저 인간의 범주에서다. 명객과 관련된 지옥왕에 대한 이야기를 굳이 헌원기에게 말해 줄 이유가 없었다.

그러니 그가 지옥왕에 대해 모르는 건 당연했다.

그런 헌원기를 향해 현마가 답했다.

"저도 그게 무엇인지 몰라 명객들을 통해 알아봤는데……그들을 죽이러 지옥에서 보낸 자랍니다. 혈왕께서도 그자를 죽이기 위해 안달이 나 있다고 전해 들었습니다."

"허어."

헌원기는 짧은 탄성을 내뱉었다.

쉬이 믿기 어려운 말이었지만 헌원기는 의문을 품지 않았다. 명객을 알고, 혈왕을 만나 본 헌원기다. 그런 그였기에 이런 비현실적인 말도 크게 이상하다 여기지 않을 수 있었다.

하지만 이내 헌원기가 놀란 얼굴로 말했다.

"잠깐. 그러면 그 지옥왕이라는 존재가 지금 이곳 마교에 있다는 거 아냐?"

"예. 어떤 방법을 쓴지는 모르겠지만 최근 마교에 들어왔다고 합니다."

혈왕과 명객의 적이라는 지옥왕이라는 자가 이곳 마교에 어떤 이유로 기거하고 있단 말인가.

그러나 곧 헌원기는 알 수 있었다.

명객을 제거하는 목적으로 이승에 올라온 자라면 이곳 마교에 있는 이유가 무엇이겠는가? 그건 하나, 마교에 있는 명객들을 제거하기 위함이다.

그리고 바로 그 순간 헌원기의 머리에서 얼마 전에 사라진 월영천대 대주 극일도의 사건이 떠올랐다.

극일도는 명객이다.

그의 갑작스러운 실종에 의문을 가졌지만 이제는 알 수 있었다. 지옥왕의 소행이다. 그가 극일도를 죽인 것이 분명하다.

마교에 있는 명객 대부분은 월영천대 소속이다.

그 말은 곧 지옥왕이 노리는 건 곧 월영천대가 될 거라는 소리다.

지옥왕, 명객, 월영천대…… 그리고 최근 들어 마교에 모습을 드러낸 인물.

'……적월!'

곰곰이 생각에 잠겨 있던 헌원기의 두 눈이 부릅떠졌다. 몇 가지의 단서가 합쳐지는 순간 한 사내의 얼굴이 번쩍 떠올랐다.

마교에 들어오는 자들의 숫자는 셀 수가 없을 정도로 많다. 하지만 개중에 월영천대에 관련된 자라면 역시나 단 하나, 적월뿐이다.

마교에 온 지 두 달가량이 된 자다. 그리고 그는 자신이 직접 월영천대에 들어가고 싶다고 자원을 했다. 그때는 그런 모습에 전혀 수상함을 느끼지 못했다. 명객이라는 존재를 적월이라는 젊은 사내가 알 거라 생각하지 못했으니 당연하다.

하지만 이 모든 것이 사전에 계획된 것이라면?

콰앙!

헌원기가 책상을 주먹으로 내리쳤다.

"그놈이 날 가지고 놀았군!"

혹시나 흑백쌍노의 실종도 지옥왕과 연관되었을지도 모른다. 하지만 이건 확실하지는 않았기에 헌원기는 섣부른 판단을 내리지 않았다.

그때 분노를 토해 내는 헌원기를 향해 현마가 조심스레 물었다.

"혹시 누군지 감이 오십니까?"

"그래. 적월이라는 그 새파란 애송이 놈. 월영천대에 직접 들어가서 그 안에서 발칙한 짓을 하고 있었군. 젠장, 그런 놈에게 속다니……."

"……오히려 좋은 기회가 아닐까요?"

"기회?"

그저 화만 쏟아 내고 있던 헌원기가 표정을 바꾸며 현마를 바라봤다. 그런 헌원기를 향해 현마가 말을 이어 나갔다.

"교주님께서는 지금 그리 좋지 않으신 상황입니다. 비록 당장에 지주님이 그 물건과 관련이 없다고는 하지만…… 추후에는 결국 이 일이 밝혀질 것입니다."

현마는 유일하게 헌원기가 그 물건을 잃어버린 것을 아는 수하다. 그러했기에 지금 같은 말을 이렇게 내뱉을 수 있었다.

그리고 헌원기가 그런 현마를 바라보며 진중하게 말했다.

"계속해 봐."

"물론 물건이 사라진 것을 지옥왕이라는 자에게 덮어씌울 수도 있습니다. 다만 추후에 흑백쌍노가 다시 나타나 이상한 말을 한다거나, 아니면 지옥왕에게 그 물건이 없다고 밝혀질 수도 있겠지요. 최악의 경우엔 저희가 거짓을 고한 것이 밝혀질 수도 있으니 상책은 아닌 듯싶습니다."

"그래서?"

"지옥왕은 혈왕 님께서도 신경 쓰는 자라고 하지 않습니까. 그러니…… 저희가 먼저 손을 쓰는 건 어떻겠습니까?"

"손을 쓰자니? 죽이자는 것인가?"

"그렇습니다."

현마가 고개를 끄덕였다.

분명 좋은 생각이다. 하지만 헌원기는 쉽사리 답하지 못했다. 지주가 직접 와서 죽이려 하는 자라면 그 실력이 보통은 아닐 터다.

그것이 헌원기를 망설이게 하는 것이다.

망설이는 헌원기를 보며 현마가 다시금 말했다.

"그를 죽인다면 이번 사건을 어떻게든 용서받으실 수 있습니다. 그리고 혹여나 흑백쌍노보다 높은 위치에 오르실 수도 있지요. 그렇게만 된다면…… 오히려 물건이 사라진 일을 그들에게 덮어씌울 수도 있으실 겁니다."

"좋은 생각인 건 안다. 하지만…… 그를 어찌 죽인단 말인가."

걱정스러운 헌원기의 말에 현마가 기다렸다는 듯이 말했다.

"남지 않았습니까. 그 물건이."

"그 물건이라면……?"

"용무련을 죽였던 그 독 말입니다."

현마의 말이 끝나자 헌원기는 두 눈을 부릅떴다.

오래전 혈왕에게서 직접 받은 독이다. 해독제가 없는 이상 해독이 불가능한 치명적인 독.

혈왕이 직접 하사한 그 독이라면 지옥왕이라는 자에게도 통할 것이 분명했다.

현마가 말을 이었다.

"정식으로 지주께서 오신다는 말을 들은 것도 아닙니다. 그리고 그분의 옆에 있는 명객이 나에게 정보를 준 것 또한 그와 저, 둘만의 비밀입니다. 그 또한 저에게 받은 것이 있으니 이 일을 발설치 않을 것입니다. 그러니 저희는……."

"지주가 오는 걸 모르고 지옥왕을 우리가 직접 죽였다 이 말이지?"

"그렇습니다."

지주가 오는 걸 알면서도 지옥왕에게 먼저 손을 쓴다면 그것은 하극상이다. 하지만 그걸 몰랐다면? 그러면 아무런 문제도 되지 않는다.

현마가 고개를 조아리며 말했다.

"상황은 제가 만들지요. 그리고 월영천대의 명객들도 움직이겠습니다. 독에 중독당하게 한 이후 명객들과 함께 놈을 치겠습니다."

현마의 말이 끝나고 헌원기는 조용히 그를 바라보다 입을 열었다.

"현마."

"예, 교주님."

"널 만난 게 내겐 행운인 것 같군."

말을 마친 헌원기가 자리에서 벌떡 일어났다.

면죄부를 받을 기회가 왔다. 어쩌면 오히려 이 일을 계기로 더 높은 위치에 오를 수도 있는 호기가 될 수도 있다.

그러기 위해서는 이 일을 성공시켜야 한다.

"당장 나가서 그자를 데리고 오너라."

* * *

"이보게, 안에 있는가."

적월의 거처에 흑룡전대의 대주인 패천악이 방문했다. 갑작스러운 그의 등장이었지만 적월은 애써 반가운 척 웃으며 패천악을 맞이했다.

문을 열어 주자 안으로 패천악이 걸어 들어왔고 그런 그를 향해 적월이 물었다.

"어쩐 일이십니까?"

"어쩐 일은! 이 친구 월영천대에 들어가더니 연락도 안 하고 아주 뜸해졌어."

사뭇 섭섭하다는 듯이 패천악이 말했다.

최근 들어 찾지 않는 적월에게 못내 섭섭한 듯한 억양이었다. 그런 그에게 적월이 가볍게 사과의 인사를 건넸다.

"죄송합니다. 저도 요새 새로 월영천대에 들어가고 하다 보니 정신이 없어서……."

"됐네. 그나저나 식사는 하였는가?"

"예. 아까 훈련이 끝나고 동료들과 함께 가볍게 먹었습니다."

"그런가? 그럼 차라도 한잔하지."

적월은 고개를 끄덕였다.

방 안은 조용했고, 둘은 책상 앞에 나란히 마주 앉았다. 둘

면죄부(免罪符) 45

은 두런두런 이야기를 시작했고 얼마 지나지 않아 시비가 뜨거운 물을 가지고 들어왔다.

기다렸다는 듯이 패천악이 품속에 가지고 왔던 통 하나를 꺼냈다. 그것은 차 가루가 담겨져 있는 것이었다.

패천악은 갈려 있는 가루를 물에 넣고 마지막으로 잎사귀 하나를 또 물에 달였다. 그리고 찻잎을 물에 넣은 지 반 각가량이 흐르자 이내 방 안에는 감미로운 향이 진동했다.

적월은 향기가 좋다는 듯 물었다.

"이게 뭡니까?"

"내 고향에서만 나는 특별한 차라네. 용문차(龍問茶)라고 하지. 어떤가? 향이 괜찮지 않은가?"

"그러게요. 향이 방 안을 온통 물들이는데 무척이나 좋군요. 언제쯤 다 됩니까? 어서 마셔 보고 싶은데."

"다 되었다네. 조금만 기다리면 될 걸세."

재촉하는 듯한 적월의 모습에 미소를 지어 보이던 패천악이 이내 달이던 차를 적월의 잔에 따랐다. 그리고 나머지 것을 또 자신의 잔에도 채웠다.

적월은 찻잔을 가져가 그 향을 맡았다.

폐부까지 시원하게 뚫어 버릴 것만 같은 청명한 향이다.

그렇게 향을 음미하던 적월이 천천히 찻잔을 입에 가져다 댔다. 그리고 패천악이 그런 적월의 모습에 웃으며 고개를 끄덕이고 있었다.

 흡사 자신의 차를 맘에 들어 하는 적월을 보며 기분이 좋아 보였다.

 한데…….

 찻잔에 막 입술을 가져다 댔던 적월이 손을 멈추었다. 그러고는 뭔가 생각난 듯이 재미있다는 표정으로 물었다.

 "아, 그런데 어르신께서는 저희 대주님과 고향이 같으신가 봅니다."

 "그게 갑자기 무슨 소리인가?"

 패천악은 갑작스러운 적월의 말에 묘한 표정을 지어 보였다. 적월이 말한 대주라면 극일도를 말하는 게 분명하다. 그런데 갑자기 그와 자신의 고향이 같은 것 같다니 그게 무슨 말인가.

 적월이 피식 웃으며 중얼거렸다.

 "이렇게 고리타분해서야. 어떻게 된 게 이십 년이 지나도 대사가 변하질 않아."

 "자네 지금 무슨……."

 "제가 바보도 아니고 한 번 당하지, 두 번은 안 당합니다."

 적월이 천천히 찻잔을 내려놓았다.

 이 냄새 너무나 익숙하다. 단 한 번 맡아 보았던 향이지만 뇌리에 가득 박혀 있던 차다. 어찌 잊겠는가.

자신이 죽던 날 마지막으로 마셨던 차를.

그리고 그때 자신에게 이 차를 권했던 극일도가 말했었다.

자신의 고향에서만 나는 용문차라고.

적월이 찻잔을 내려놓은 채로 패천악을 바라봤다.

흑룡전대의 대주, 그리고 전생에서도 적월과 긴밀한 관계를 맺고 있던 자다. 나름대로 둘이서 오랜 시간을 보냈다 생각했는데…….

적월이 천천히 입을 열었다.

"몰랐네. 흑룡대주 너도 명객일 거라고는 생각도 안 했는데."

그 말은 듣는 순간 패천악의 표정이 구겨졌다. 적월의 말에 패천악이 떨떠름한 표정으로 말을 이어 나갔다.

"그게 무슨……."

"그만하지. 이미 다 들통 났다고 보는데."

적월은 침착하게 말을 이어 나갔지만 사실 내심 당황한 부분도 없잖아 있었다. 어찌 이들이 자신을 제거하려고 든단 말인가. 용무련이라는 사실은 알아차리지 못했을 게다. 그렇다면 역시나 지옥왕이라는 것을 알아차린 탓일 텐데…… 이들이 어떻게 자신을 먼저 알아보고 접근했는지 적월로서는 선뜻 답이 나오지 않았다.

하지만 그보다 중요한 것은 지금 눈앞에 있는 명객이다.

명객이 과연 얼마나 왔을까?

자신이 지옥왕이라는 걸 알았다면 마교의 명객들 중 대다수가 움직였을 터다.

적월이 천천히 손을 탁자 아래로 내려트렸다.

그의 손에 요란도를 뒤덮고 있는 천에 닿았을 때였다. 묘한 표정을 짓고 있던 패천악이 입을 열었다.

"……다 아는 것 같군."

"그래. 네가 명객이라는 건 다소 의외지만 말이야."

정체가 들키자 패천악은 오히려 편안한 표정을 지어 보였다. 그가 의자에 기대며 물었다.

"어떻게 알았지? 차에 독이 들었다는 건."

"오래전에 이 독에 당해 본 적이 있어서 말이야."

"당하고도 살아 있다고?"

"아니, 죽었지. 그래서 이렇게 다시 돌아온 거고."

적월은 말을 끌며 주변의 기척을 파악하려 했다. 하지만 가까운 거리 내에는 그 누구도 느껴지지 않는 듯하다.

아마도 독에 중독된 이후에 패천악이 신호를 하면 들이닥치는 계획을 가지고 있는 게 분명하다.

적월이 천천히 자리에서 일어났다.

이곳은 싸우기에 좋지 않다. 더군다나 최악의 경우 명객이 아닌 마교의 무인들까지 개입할 수도 있다.

적월이 말했다.

"얘기로 풀 사이 아니잖아? 장소를 옮기지. 이곳은 싸우기에 그리 좋지 않은 것 같군."

"나쁘지 않지."

패천악 또한 쉽게 수긍했다.

적월이 이곳에서 마교 무인의 개입을 걱정하는 것처럼 명객들 또한 자신들의 정체를 드러내는 걸 원치 않는다.

독에 당했다면…… 반항하기 전에 끝냈을 수도 있겠지만 이제는 그게 불가능해졌다. 하지만 그렇다고 해서 이 계획에 변동이 생기는 건 아니다.

다소 피해는 있겠지만 명객들로 지옥왕을 친다.

적월은 패천악과 함께 방을 나서며 구석에 있던 요마 풍천에게 전음을 날렸다.

— 몽우가 오면 명객들과 싸우러 갔다고 전해 줘.

— 두, 두목 혼자서 괜찮으시겠습니까?

— 그건 내가 알아서 할 테니 넌 몽우가 오면 꼭 전해.

지금 믿을 만한 이는 우습게도 명객인 몽우뿐이다.

하필이면 오늘 저녁에 어딘가로 나가 버린 몽우였기에 지금 당장엔 도움을 줄 수 없을 게다. 하지만 마교에 있는 모든 명객과 싸우려면 몽우의 힘이 절실히 필요하다.

최악의 경우 천왕문을 열어야 할지도 모르는 상황이다.

패천악과 함께 적월이 방에서 나오고 조금 걷기 시작했을 때다. 주변으로 하나둘씩 사람들이 모여들었다. 여태까지 모습을 감추고 있던 명객들이었다.

적월은 힐끔 주변에서 다가와 함께 걷기 시작하는 그들을 파악했다.

얼굴들이 익숙하다.

당연한 결과다. 월영천대의 무인들이니 그곳 소속인 적월에게 이들이 어색할 리가 없다. 하나둘씩 늘어만 가더니 이내 적월을 포위한 숫자가 대략 이십 명에 가까워졌다.

적월은 자신의 어깨를 손으로 어루만졌다.

감춰져 있는 붉은 문신이 요력에 반응하여 미약하게나마 반응하는 듯했다.

옆에서 함께 걷던 패천악이 입을 열었다.

"어디까지 갈 생각이냐?"

"닥치고 따라와."

적월은 자신에게 말을 거는 패천악에게 불쾌하다는 듯이 대답했다. 그런 적월의 말투에 패천악은 미간을 찌푸리며 살의를 드러냈지만 그렇다고 해서 지금 이곳에서 살수를 펼치는 짓 따위는 하지 않았다.

적월은 마교를 벗어나 외지로 걸어 나갔다.

그렇게 한참을 걸어 마침내 도착한 곳은 넓은 공터였다.

눈이 가득 쌓여 있는 천산의 한복판.

적월이 발을 멈추어 섰다.

그가 몸을 돌리며 뒤편에서 다가오는 이들을 바라봤다. 수많은 명객들도 마찬가지로 그곳에서 멈췄다.

그리고 바로 그때, 명객들 뒤에서 너무나 익숙한 한 사내가 걸어 나왔다.

마교 교주 헌원기와 그의 심복인 현마였다.

둘이 명객들 사이에서 천천히 걸어 나와 적월의 앞에 마주 섰다.

헌원기는 미소 가득한 얼굴로 입을 열었다.

"이곳인가? 네놈이 죽을 장소로 정한 곳이."

"헌원기 네 짓이로군."

"그래. 지옥왕이라는 자가 새파란 애송이인 것처럼 속여 이곳 마교에 들어올 줄은 몰랐는데, 덕분에 혈왕 님께 바칠 선물이 하나 늘었군."

어떻게 알아냈는지 그런 건 모두 나중의 일이다.

적월은 천천히 숨을 내뱉었다.

수많은 명객들. 그리고 이런 자들을 홀로 상대해야 한다. 제아무리 적월이라 해도 쉽지 않은 싸움이 될 것 같다.

하지만 그런 속내와 달리 적월은 웃었다.

여유 있는 웃음을 지어 보이는 적월을 보며 헌원기도, 패천악도 표정을 구겼다.

적월이 헌원기를 바라보며 말했다.

"잘됐군. 죽여야 할 놈들이 한자리에 모였으니…… 처음부터 이런 방법으로 할 걸 그랬나 싶을 정도야."

중원에 퍼져 있는 명객들의 숫자는 감도 잡을 수 없었다. 어떤 일이 벌어질지 예상하기 힘들었기에 천왕문을 여는 건 최대한 아껴야 했다. 그래서 신중하게 하나씩 제거하고 있었다.

물론 결국 일이 이렇게 되어 버렸지만 이건 적월 또한 예측하지 못한 일이었다. 적월의 생각으로는 명객들이 자신을 먼저 알아차릴 방법은 없었으니까.

위험 부담을 안고는 있지만 이왕 이렇게 된 거 적월은 이 자리에서 모든 걸 끝내리라 마음먹었다.

적월이 천에 감싸인 요란도를 허리춤에서 풀더니 땅에 박아 넣었다. 그러고는 자신과 마주한 상대들을 바라보며 입을 열었다.

"이곳이 어딘지 아느냐?"

"……?"

"내가 죽었던 곳이다."

"네가 여기서 죽었었다고?"

헌원기가 되물었다.

혈전대가 용무련을 죽였던 그 장소가 바로 이곳이었던 것이다. 다만 그때 헌원기는 마교의 내부를 정리하느라 뒤늦게 이곳으로 온 탓에 바로 기억해 내지 못했다.

하지만 이내 헌원기의 표정이 점점 굳어졌다.

어딘가 모르게 낯이 익었기에 주변을 두리번거리던 헌원기의 기억에 이 장소가 떠오른 탓이다.

"이곳은…… 그놈이 죽은 곳인데."

나지막한 중얼거림이 들리는 것과 동시에 적월은 요란도를 감싸고 있던 천을 잡아당겼다.

천이 허공으로 날아올랐고, 그 순간 요란도 또한 그 모습을 드러냈다.

모습을 드러낸 요란도에서 보랏빛 광채가 쏟아져 나왔다. 그리고 헌원기와 패천악, 둘 모두 요란도를 알아보지 못할 리가 없었다.

"너……!"

놀란 헌원기가 버럭 소리치는 순간 적월이 요란도를 들어 올리며 입을 열었다.

"이곳에서 시작된 우리의 악연, 슬슬 끝맺어야 하지 않겠느냐? 헌원기!"

헌원기가 잔뜩 동요하기 시작했다.

지옥에서 누군가가 왔다는 말은 들었지만 그것이 환생이

고, 또 용무련일 줄을 상상이라도 했겠는가. 그는 갑작스레 닥친 이 상황에 제정신을 차리기 힘들 정도로 놀라 있었다.

그에 비해 침착하게 상황을 주시하던 패천악이 입을 열었다.

"어떻게 먹지도 않고 그 안에 독이 있다는 사실을 알아냈나 했는데…… 이래서였군."

"아까도 말했잖아. 당해 본 적이 있다고."

"그러게, 내가 멍청한 짓을 했군. 용무련이 환생한 거라는 사실을 알았다면 똑같은 수법을 사용하지는 않았을 텐데 말이야."

"궁금해서 하나만 물어볼게. 이십 년 전에도 네 짓이었냐?"

"맞아. 극일도는 내 수하지."

패천악은 숨기지 않고 고개를 끄덕였다.

죽여야 할 상대가 용무련이라는 사실이 내심 놀랍긴 하지만…… 변하는 건 없다. 어차피 상대는 이제 용무련이 아니다.

지옥왕.

예전의 그가 아니다.

"교주, 뒤로 물러나시지요."

패천악이 나름의 예를 갖춰 말했다.

실력으로 치자면 헌원기는 명객인 패천악의 상대가 되지

못한다. 그렇지만 이곳 마교에 있는 동안만큼은 모든 명객들이 헌원기의 명을 따른다.

헌원기는 혈왕에게 충성을 한 자고, 그 대가로 마교를 받았다. 명객을 위협하는 명만 아니라면 헌원기를 따르라는 혈왕의 전언이 있었다.

그랬기에 패천악을 비롯한 마교에 숨겨져 있는 명객들 모두 헌원기에게 예를 갖추고 지내 왔다.

하지만 실질적인 명객들의 통솔권을 지닌 자.

그게 바로 패천악이다.

패천악이 입을 열었다.

"포위해라. 그리고 놈을 죽인다."

명객들이 천천히 주변을 감싸기 시작했다.

적월은 슬쩍 그들을 살폈다. 익숙한 얼굴 사이에 다행인지 그나마 친하게 지냈던 자들의 모습은 보이지 않는다.

그들이 섞여 있었다면 조금 떨떠름했을 텐데…….

요란도를 든 적월의 몸 주변으로 요력이 빠르게 모여들었다.

상대의 숫자가 적지 않다.

단번에 휘몰아친다.

그르르릉!

천산이 울음을 터트렸다.

흡사 산사태라도 일어날 것처럼 산이 부르르 떨리기 시작했다. 쌓여 있던 눈들이 조금씩 흘러내린다. 적월의 요력을 견뎌 내지 못한 천산이 반응하고 있는 것이다.

몰려드는 어마어마한 요력에 명객들의 표정도 변했다. 지옥왕이 강하다는 사실은 알고 있다. 하지만 이토록 많은 명객이 단 한 사람을 위해 동원됐다.

이런 일은 예전에도 없었고, 앞으로도 없을 전무후무한 일이다.

그랬기에 질 거라고 생각하지 않았다.

한낱 인간이다. 수백 년을 살아오며 강해진 자신들을 모두 감당해 낼 수 없을 거라 생각했다.

적월이 손을 앞으로 쭉 뻗었다. 그리고는 요력을 발현시키며 크게 고함을 내질렀다.

"흐아압!"

그 순간 주변의 모든 것이 빨려 들어오기 시작했다.

포위하고 있던 명객들의 균형이 단번에 무너졌다.

바로 그 순간 번개처럼 요란도가 움직였다.

천마신공의 천마대수라강기(天魔大修羅罡氣)다.

바람과 함께 날아드는 강기의 가닥들이 단번에 명객들의 진형을 뭉개 버렸다.

그들은 위력적인 일격을 피하기 위해 사방으로 나뉘었다.

하지만 그런 그들을 적월은 놓치지 않았다. 끌어들이는 힘을 바로 한 명에게 겨냥하자 그자가 급속도로 빠르게 적월에게 날아들었다.

"헛!"

놀란 명객이 비명을 지르며 몸을 비틀었다.

하지만 그 순간 강기의 가닥들이 그의 머리를 짓뭉개 버렸다. 일격에 끝나 버릴 것만 같은 급박한 상황, 하지만 상대는 명객이었다.

날아드는 강기의 가닥들을 그 자세로 내공을 일으켜 세우며 막아 낸 것이다.

그렇지만…….

그 순간 적월의 주변에서 생성된 요력의 칼날들이 누워 있는 그를 향해 날아들었다.

그것은 흡사 단두대에서 떨어지는 칼처럼 그대로 명객 사내의 목을 잘라 버렸다.

서컹.

섬뜩한 소리와 함께 명객 하나의 숨이 단번에 끊어졌다. 오랜 시간을 살며 고강한 무공을 지닌 명객의 죽음으로 보기에는 너무나 초라한 죽음이었다.

'혼자서 명객 몇 명을 우습게 상대한다 하더니.'

패천악은 이를 악물고 선두로 나섰다.

쏟아져 나오는 요력에 대항하기 위해서다. 그가 그대로 일장을 휘둘렀다.

커다란 장력이 허공으로 솟구치더니 그것은 벼락이 되어 떨어졌다.

콰르릉!

적월이 옆으로 몸을 날리며 패천악의 공격을 피해 냈다. 그러자 방금 전까지 적월이 있던 장소에 장정 수십 명은 넣을 수 있을 정도의 커다란 구덩이가 생겨났다.

생각보다 손쉽게 명객 하나를 죽였던 적월로서는 다시금 그 공격을 보며 긴장의 끈을 바짝 조였다.

상대는 보통 인간들이 아니다.

명객이다.

자신이 죽인 것은 명객 중에서 약한 자. 저 중에는 패천악과, 또 그에게는 미치지 못해도 적월에게 위협이 될 만한 자들이 충분히 존재하고 있을 것이다.

매일같이 쌓아 오고 훈련을 거듭하던 요력이 점점 강해진 덕분에 예전보다 훨씬 명객과의 싸움을 유리하게 이끌 수는 있으나 방심해서는 안 된다.

이곳에서 한 번 죽었는데, 또다시 이곳에서 죽는다면 우습지 않겠는가.

적월이 요력을 사방으로 뿜어 대며 입을 열었다.

"오늘 이곳에서 너희 모두를 죽이고 혈왕을 만나러 간다."
"넌 결코 혈왕 님을 뵐 수 없을 것이다."
패천악이 지지 않고 답했다.
적월을 둘러싸고 있는 명객들의 표정이 한결 진중해졌다. 그만큼 적월의 힘이 그들의 상식을 벗어나고 있다는 뜻이리라.
패천악이 눈을 부라리는 바로 그 순간 십수 명의 명객들이 동시에 몸을 날렸다. 검과 도, 그리고 창 등 각종 병기들이 적월을 향해 밀려들었다.
적월은 요력을 끌어모아 그 힘에 대항할 거대한 벽을 만들었다.
땅에 박혀 있던 돌들이 당장에 커다란 장벽이 되어 솟구쳐 오른다. 요력이 담긴 돌은 흡사 철옹성과도 같아 보였다. 하지만 상대는 보통 인간들이 아니었다.
한 명 한 명이 시대를 풍미할 만할 절정 고수들인 명객들이다. 그들의 병기들이 적월과 자신 앞을 막아선 돌벽을 두드렸다.
쩌저적!
수십 번의 공격이 이어지자 요력으로 만들어진 돌벽도 버텨내지 못했다. 하나 그건 애초부터 예상했던 바다. 적월은 아주 적은 시간을 벌었고, 그 시간은 반격할 기회를 줄 수 있었다.

쩌엉!

돌벽이 깨지며 돌들이 사방으로 흩날리는 바로 그 순간이었다. 눈을 감고 요력을 모으기 위해 집중하고 있던 적월이 그 순간 눈을 부릅떴다.

부서져 사방으로 날아가던 돌들에 적월의 의지가 담겼다.

그건 바로 날카로운 암기가 되었다.

돌벽을 부수며 파고들던 명객들, 그리고 바로 돌들은 그런 명객들의 주변에서 흩날리고 있었다.

피하기에는 너무나 가깝다.

그리고 그 순간 돌들의 모양이 변했다.

그것은 날카로운 칼날처럼 변해 그대로 명객들을 향해 날아들었다. 깨져 버린 돌 조각이 수백수천 개에 달한다. 그런 모든 돌들이 암기의 모양으로 변해 날아드는 장면은 가히 압권이었다.

이 같은 일이 벌어지는 데 고작 눈 한 번 깜짝할 정도의 시간이 흘렀을 뿐이다.

이토록 많은 돌들에 의지를 발현해 암기로 만들어 내는 것은 항시 계속해 온 동전을 이용한 훈련 덕분이었다.

수백 개에 달하는 동전들도 자유자재로 조종하게 된 적월이다. 그랬기에 지금 이 같은 상황도 가능할 수 있었다.

자신 있게 적월을 향해 달려들던 명객들은 갑작스럽게 날아드는 암기들에 정신이 혼미해질 정도로 놀라 버렸다.

몇 명은 암기가 날아오는데도 불구하고 무리하게 파고들었고, 나머지들은 급히 그것들을 막아 내기 위해 방향을 선회했다.

퍽퍽퍽!

적월의 요력이 담긴 돌을 몸으로 받는 판단을 한 자들의 몸이 급속도로 무너졌다. 그것은 옳은 생각이 아니었다.

단순한 돌, 내력이 담긴 수준의 것이었다면 명객이 된 그들에게는 큰 상처를 주지 못했을지도 모른다. 하지만 요력이 담긴 물건이었다. 그건 그들의 반탄강기를 우습게 뚫고 들어가 틀어박혔다.

치명적인 위치에 암기가 틀어박힌 자들은 그대로 바닥에 나뒹굴었지만 그 외의 자들은 달랐다.

어깨 부분에 암기가 틀어박혔다. 피가 분수처럼 솟아올랐지만 그자는 이를 악물었다. 억지로 다가온 두 명의 명객들이 단번에 검과 창으로 적월을 찌르고 들어왔다.

급속도로 빠르게 요력을 사용한 탓에 식은땀을 흘리고 있던 적월이었지만 정신만은 또렷했다.

날아드는 두 개의 병기를 향해 자신의 요란도를 움직였다.

탁탁.

가볍게 도 끝으로 막아 내는 것과 동시에 적월은 발을 내질렀다. 그러고는 정확하게 다친 부위를 그대로 가격했다.

"크으윽!"

명객 한 명이 어깨를 움켜쥐고 뒤로 물러났을 때였다. 암기에 당해 쓰러졌던 자 중 하나가 뒤편에서 뛰어올랐다.

너무나 은밀했던 공격이었기에 적월 또한 방비가 늦었다.

손에 끼고 있던 조가 강하게 적월의 등판을 찢어발겼다. 아니, 그래 보였다.

앞으로 구른 적월은 따끔거리는 등의 감각을 느꼈다. 아주 조금만 늦었더라면 정말로 등이 찢겨져 나갔을지도 모른다. 아슬아슬하게 스치고 지나간 조 때문에 옷이 찢겨져 나갔고 피가 흘러내리고 있다.

적월이 힐끔 명객들을 바라봤다.

자신에게 달려들었던 자들의 행색도 그리 좋지만은 않다. 어마어마한 요력을 사용한 공격이었기에 그들 또한 적지 않은 타격을 입은 것이다.

팔이 떨어져 나간 자도 있고, 바닥에서 아직도 나뒹구는 놈들도 있다.

하지만 그렇다고 해도 실질적으로 제압한 이는 다섯 명밖에 되지 않는다. 아직도 열댓 명은 남아 있는 상황이다. 더군다나 이중에 가장 강한 자라 판단되는 패천악…… 그는 아직 움직이지도 않고 있다.

영특한 자다. 지금 움직인다면 그만큼 위험하다는 걸 알고 조금 더 힘을 뺀 후에 들어오려고 기회를 엿보고 있는 것이다.

적월은 입가에 조소를 띠었다.

'언제까지 보고만 있을 수 있을지 두고 보지.'

요란도를 치켜든 적월의 몸 주변으로 요력과 내력이 뒤섞이며 묘한 공기를 형성해 냈다. 그리고 그런 적월과 마주한 명객들 또한 하나둘씩 다시금 싸움을 벌일 준비를 하기 시작했다.

너덜거리는 팔을 떼어 내는 명객의 얼굴에서는 고통조차 느껴지지 않는다. 스스로의 팔을 떼어 내는 잔인한 장면. 하지만 그 누구도 동요하지 않는다.

일전 무림맹주를 구하기 위해 싸웠던 단창묘호리처럼 괴물로 변하는 놈도 있을까 했지만 그처럼 신체를 변형시키는 자는 딱히 없어 보였다.

요력을 담은 요란도에 불꽃이 넘실거리며 타오르기 시작했다.

베어 버릴 것이다.

지옥의 불꽃이 담긴 이 요란도로.

요력은 명부의 법칙을 어긴 명객들에게는 치명적인 위력을 지니고 있다. 그랬기에 적월은 자신 있는 도법에 요력을 결합시키고 있는 것이다.

내공심법인 수라혈마공 대신 요력으로 그 힘을 대신한다.

한 번도 해 본 적은 없지만 가능할 거라는 생각이 든다. 요력은 내력을 집어삼키고, 오히려 그보다 훨씬 강인한 힘을 뽐내지 않았던가.

적월은 천천히 천마신공을 운용하기 시작했다.

내공을 대신하여 뿜어져 나오는 요력의 기운이 요란도를 감싸다 못해 집어삼켰다. 이런 기운을 버텨 내는 요란도가 얼마나 대단한 물건인지 느낄 수 있을 만큼 그 힘은 너무나 강대했다.

적월은 요란도를 치켜들었다.

무겁다.

무거워도 이렇게 무거울 수가 없다.

하지만 기분은 좋다. 이 무거운 감각이 이어질 그 커다란 힘을 미리 말해 주는 것만 같았기 때문이다.

멀리서 이 싸움을 보고만 있던 헌원기의 안색이 변했다. 지금 적월이 펼치려 하는 것이 무엇인지 너무나 잘 알고 있기 때문이다.

'맙소사. 이것이 내가 아는 그 무공이 맞단 말인가.'

헌원기 또한 알고 있고 이미 익히고 있는 무공.

천마신공의 마지막 초식 천마파력육환련(天魔波力戮環連)이다.

같은 무공, 하지만 다르다.

자신이 펼치는 천마파력육환련에는 이런 박력도, 패기도 느껴지지 않았다. 하지만 자신이 펼치는 천마파력육환련만으로도 마교의 모든 무인들은 놀람을 금치 못했다. 그런 그들이 만약 적월이 펼치는 똑같은 저 무공을 본다면…… 아마도 헌원기의 것은 당장에 기억에서 잊어지리라.

어두운 밤하늘이 적월의 요란도에서 타오르기 시작한 붉은 빛에 먹혀 들어가고 있다.

평소에는 밝은 하얀빛을 뿜어내는 천마신공이지만 기반을 두는 힘이 요력으로 변하자 붉은 불꽃이 형성되고 있는 것이다. 그리고 이내 그 불꽃들이 여섯 개의 커다란 고리로 변하기 시작했다.

요란도를 든 채로 적월이 입을 열었다.

"뭐 하는 거야? 어서 덤벼. 오는 순서대로 죽여 줄 테니까."

수백 년을 살며 산전수준 다 겪었다 자부할 수 있는 명객들이었기에 더욱더 절절히 느껴졌다.

저 말은 결코 허언이 아니다.

먼저 들어가면 죽는다.

명객들 모두 그 사실을 알고 있었다.

죽고 싶지 않아 명객의 길을 택한 이들이다. 그 이유가 무엇이었든 간에 죽는 것을 원하지 않는다. 그랬기에 그들은 섣부르게 더 움직이지 못했다.

그러자…….

"안 온다면 내가 가지."

짧은 한마디와 함께 적월이 움직였다.

여섯 개의 커다란 고리가 적월과 함께 상대를 향해 날아들었다.

쒜에엑!

적월은 그대로 가장 가까이 있는 명객을 향해 밀고 들어갔다. 요란도에 달려 있던 여섯 개의 고리들이 순식간에 상대를 노렸다.

놀란 명객이 다급히 검을 들어 올리며 검막을 형성했다. 하지만 그건 우스운 행동에 불과했다. 고리들이 연달아 스치는 듯하더니 명객의 몸이 그대로 여섯 등분이 되며 쪼개져 나갔다.

여태까지 여유롭게 상황을 보고 있던 패천악이었지만 그 또한 적월이 천마파력육환련을 요력을 담아 시전하면서부터 마음이 조급해져 있는 상태였다.

그 힘을 확인한 순간 패천악이 다급히 명을 내렸다.

"멍청하니 있지 말고 나눠져! 십망진(十網陣)!"

패천악의 명은 당황하고 있던 명객들을 일사불란하게 움직이게끔 했다.

그들은 다급히 적월과 거리를 벌리며 진법을 펼치기 시작했다. 적월은 황급히 자신을 둘러 싼 명객들을 바라보며 코웃음을 쳤다.

이 무공의 특징을 모르기에 이 같은 판단을 내린 것이리라.

그리고 바로 그때 적월을 둘러싸는 명객들을 멍하니 바라보던 헌원기가 퍼뜩 정신을 차리고 소리쳤다.

"안 돼! 그렇게 둘러싸면 오히려……!"

"이미 늦었어."

적월의 중얼거림과 함께 주변을 돌고 있던 여섯 개의 고리가 폭발했다. 그리고 그 힘은 적월을 기준으로 해서 원형으로 펼쳐져 나갔다.

커다란 파도가 밀려들 듯 거대한 힘이 명객들을 덮쳐 갔다.

쿠웅!

고리를 폭발시킨 적월이 요란도를 땅에 박아 넣으며 몸을 지탱했다. 천마파력육환련은 검을 감싼 여섯 개의 고리로 공격하는 것이 전부가 아니다.

파의 요결, 그것이 바로 이 초식의 진정한 힘이다.

여섯 개의 고리가 연달아 폭발한다. 단 하나도 막아 내기 버겁거늘 그것이 여섯 개가 쉴 새 없이 몰아친다. 제아무리 명객이라 할지라도…… 멀쩡할 수가 없다.

잠시 커다란 폭풍이 휘몰아쳤던 주변은 고요했다.

적월이 천천히 요란도에 지탱하고 있던 몸을 일으켜 세웠다.

생각보다 더욱 많은 요력이 빠져나갔다.

급속도로 빠져나간 요력 탓에 전신이 땀으로 흥건하다.

하지만…….

적월이 주변을 휘둘러봤다.

멀쩡하니 서 있는 자들이 거의 없다 봐도 무방하다. 가까이 있던 명객들은 흔적조차 사라졌다. 그나마 살아 있는 자들도 이미 멀쩡히 걸을 수 없는 상태가 되어 있다.

그리고 뒤편에서 명을 내리던 패천악 또한 이미 옷은 넝마고 전신이 피로 물들어 있다. 너무나 멀리서 보고 있던 헌원기와 현마만이 유일하게 멀쩡할 뿐이다.

예전에 비해 압도적으로 강해져 버린 적월의 천마파력육환련은 너무나 강했다. 적월 자신이 상상했던 것보다 더더욱.

"끄응."

적월은 팔을 들어 올리며 가벼운 신음을 토해 냈다.

강렬한 힘을 쏟아 내는 것만큼 많은 것을 앗아 간다. 아직 적월의 요력이 이 같은 강인한 힘을 발산하는 데 모자란 모양이다.

그러나 적월은 유쾌했다.

시대를 지배할 정도의 강자들을 이토록 일격에 보낼 정도로 자신이 강하다는 걸 절절히 느낄 수 있었으니까.

적월이 패천악을 바라봤다.

간신히 막아 내긴 했지만 이미 그 또한 반송장과 진배없다.

그는 자신의 도 한 번 휘둘러 보지 못하고 저토록 볼썽사나운 꼴이 되어 있었다.

타앙.

적월이 땅에 박아 넣었던 요란도를 끄집어냈다.

아직 이 싸움은 끝나지 않았다.

패천악과 저 뒤에서 겁먹은 채로 서 있는 헌원기가 남아 있다. 저 둘을 죽여야만 이 싸움의 종지부가 찍힐 것이다.

적월의 요란도에 다시금 요기가 맹렬하게 감돌기 시작했다.

패천악 또한 도를 들었다.

비록 전신이 피에 물들 정도로 치명상은 입었지만 이대로 죽어 주고 싶지는 않다.

적월이 천천히 입을 열었다.

"오래 걸렸네. 날 죽였던 너희 모두를 찾아내서 죽이는 데까지."

"흐, 흐흐. 아직 끝나지 않았소이다, 용 교주."

패천악은 남은 내력을 쥐어짰다. 도에서 강기가 솟구쳐 올랐다.

마지막 발악이라도 하려는 그를 보며 적월 또한 요란도로 그를 겨누었다. 길게 끌고 싶은 생각은 없었다. 어떻게 자신이 지옥왕이라는 걸 알아냈는지는 저 뒤에 있는 헌원기에게 물을 생각이다.

"으아아아!"

패천악이 비명에 가까운 고함과 함께 적월에게 달려들었다.

바로 그때였다.

서컹.

적월의 요란도가 아래에서 위로 솟구쳤다.

아주 자그마한 동작이었지만 그거면 충분했다. 악에 받친 듯 달려들던 패천악의 목이 떨어져 나갔다.

허공으로 솟구쳤던 그의 목이 바닥으로 툭 하니 떨어져 나뒹굴었다.

적월은 시선을 천천히 뒤편에 있는 헌원기에게로 돌렸다. 현마와 함께 굳어 있는 헌원기의 두 눈이 적월과 마주쳤다.

헌원기가 움찔하며 뒤로 반보쯤 물러섰다.

적월이 그런 그를 향해 발걸음을 내디디며 바닥에 침을 뱉었다.

"퉤."

 무리를 한 탓인지 적월 또한 입술이 터져 버린 탓이다. 입 안에 들어온 피를 내뱉으며 적월이 헌원기를 향해 다가갔다.

 거리는 고작 십 보.

 두근두근.

 심장이 미칠 듯 뛰기 시작한다.

 그 오랫동안 참아 왔던 복수의 순간이 바로 눈앞에 있는 탓이다. 놈의 배신이 많은 걸 바꾸어 버렸다.

 자신의 운명도, 마교의 미래마저도.

 십, 구, 팔…… 그리고 오 보!

 도만 뻗어도 상대의 목을 벨 수 있을 정도의 거리.

 적월의 심장은 더더욱 빨라졌다.

 요란도가 자꾸만 피를 원한다고 외치는 듯싶다. 당장에라 도 놈을 죽여 추잔양을 비롯한 혈전대나, 자신을 따르다 죽 은 많은 이들의 원한을 갚으라고 말하는 것만 같다.

 그리고 기쁘게도 지금 적월에게는 그런 힘이 있었다.

 적월이 헌원기에게 다가가 입을 열려고 할 때였다.

 "거기까지. 패천악을 죽이는 것까지는 봐줘도 그놈은 안 된다고, 지옥왕."

 목소리를 듣는 순간 적월의 들떴던 감정이 차갑게 식어 버 렸다.

뒤를 잡혀 버렸다. 그것도 무척이나 가깝다.

어디선가 들어 본 목소리에 적월의 안색은 더더욱 굳어졌다.

가볍게 쥐고 있던 요란도에 힘을 불어 넣으며 적월이 천천히 몸을 돌렸다.

어두운 밤, 그리고 새하얀 눈.

그리고 그 위에 거구의 한 사내가 서 있었다.

적월이 눈살을 찌푸렸다. 사내가 낯이 익었기 때문이다.

"너는…… 광마장군?"

죽었어야 하는 자다. 분명 적월이 가슴을 반으로 쪼개 버리지 않았던가. 그런데 어찌 저자가 지금 이곳에 있단 말인가.

광마장군이라 불린 사내가 능글맞게 웃으며 적월의 말에 답했다.

"맞아. 세상은 광마장군이라 나를 부르지. 하지만 아마 너에겐 이 이름이 더 마음에 들 거야. 내 친구들은 날 이리 부르지."

숨을 잠깐 고른 그가 천천히 입을 열었다.

"혈왕 님을 따르는 네 명의 회주 중 일인, 지주라고."

第三章
지주

지옥왕 너는 죽는다

 갑작스러운 지주의 등장에 헌원기의 얼굴 표정이 급속도로 밝아졌다. 이 정도의 명객들이라면 어떻게든 지옥왕이라는 존재를 박살 낼 거라 생각했다.
 하지만 그건 착각이었다. 자신의 휘하에 있는 자들로는 적월을 감당해 낼 수 없었다. 보다 높은 자리를 탐해 일을 벌였다가 죽을 뻔한 상황이었다. 그때 지주가 나타났다.
 안도한 헌원기와 다르게 적월의 표정은 묘했다.
 죽었다고 생각했던 자가 다시 살아서 눈앞에 있다.
 더군다나 광마장군이라 알고 있던 그 작자가 지주라니……

그제야 적월은 가지고 있던 의문이 풀렸다.

적월이 자신 앞에서 웃고 있는 거구의 사내 지주를 향해 입을 열었다.

"어떻게 명객 쪽에서 내 정체를 알아챘나 했는데 너 때문이었군."

"맞아. 친절하게도 본인의 이름을 가르쳐 주더군."

"멍청한 짓을 했군. 하지만 뭐 별로 상관은 없어. 덕분에 이렇게 마교에 있는 명객들은 쓸어버렸으니까."

적월이 힐끔 주변으로 곁눈질을 하며 말했다.

그런 적월의 말에 지주는 동의한다는 듯 고개를 끄덕이며 말을 이어 나갔다.

"……그러게. 어떤 멍청한 놈의 행동 때문에 마교에 있는 명객들이 깡그리 죽어 버렸네."

그 말을 듣는 순간 간신히 목숨을 부지한 헌원기가 움찔했다. 지주가 그런 그를 노린 듯 딱딱한 어조로 말했다.

"이 일에 대해서는 나중에 이야기하지. 헌원기."

"예, 옙."

헌원기가 더듬거리며 답했다.

헌원기를 향해 경고의 말을 날린 지주가 천천히 몸을 풀기 시작했다. 팔과 어깨를 돌리며 두둑 소리를 내기 시작한 지주를 향해 적월이 물었다.

"대체 무슨 생각이야? 그때는 죽은 척 도망치더니 이제는 싸우려고?"

"도망? 푸하하!"

지주가 크게 웃음을 터트렸다.

하지만 이내 그 웃음을 거두는 지주의 표정은 무겁고 잔인해 보였다. 냉랭한 얼굴로 적월을 바라보던 그가 입을 열었다.

"완전히 틀린 말은 아니야. 난 죽은 척하고 널 피했으니까. 나는 겉보기와 달리 무척이나 세심한 사내거든."

"웃기려는 거냐?"

거구의 지주가 내뱉는 말에 적월은 실소를 흘렸다.

지주가 답했다.

"난 완벽한 걸 좋아해. 그때 너와 싸웠다고 해도 내가 졌을 거라 생각하지는 않아. 하지만 혹여나 내가 진다면? 너에 대한 단서가 사라지겠지. 그래서 우선은 잠시 뒤로 피했던 거다."

"그러면……."

"아, 네 장단에 맞춰 주는 건 여기까지."

지주가 손을 들어 적월의 말을 잘랐다.

그리고 바로 그 순간 지주의 뒤편으로 열 명에 달하는 그림자가 모습을 드러냈다.

휙휙.

순식간에 날아든 그들이 지주의 뒤편에 섰다.

그들을 확인한 지주가 자신만만한 얼굴로 말했다.

"처음부터 시간 끌려고 하는 건 알고 있었어. 하지만 이제 내 수하들이 왔으니 더는 나도 기다려 줄 이유가 없겠군. 아까도 말했지? 난 완벽한 걸 좋아하거든. 지금이 널 쓰러트릴 가장 적기로 보이는군."

적월의 최대한 냉정한 표정을 유지했다.

지주는 처음부터 알고 있었다. 적월이 괜히 말을 걸어 댔던 것은 아니다. 궁금한 것도 있긴 했지만 그보다 중요한 것은 고갈된 요력 때문이다.

급속도로 많은 요력을 쏟아 낸 탓에 지금 몸 상태가 최상이 아니다. 그러던 중에 최악의 상대를 만났다.

여태 상대했던 그런 자들과는 그 급이 다른 상대를, 지금 같은 상황에 만나 버린 것이다.

시간을 끌려 했다. 하지만 상대는 애초부터 알고 있었다.

한 걸음 한 걸음 다가오며 지주가 자신의 웃옷을 찢어발겼다.

찌이익.

찢어져 나간 옷 사이에서는 반으로 쪼개졌다가 아물어 가는 신체가 모습을 드러냈다. 적월의 요란도에 인해 생겨 버린 상처다.

지주가 입맛을 다시며 말했다.

"이 상처를 보며 계속 네놈을 생각했었다. 그리고 기다렸지. 네놈을 찢어 죽일 바로 오늘을!"

"그게 될 것 같아? 오늘은 죽은 척하고 못 빠져나간다."

적월 또한 지지 않고 맞장구쳤다.

상황은 좋지 않지만 도망칠 수 있는 상대가 아니다.

최선을 다해 상대해야 할 적수다.

요력을 머금은 요란도가 다시금 불타오르기 시작했다. 과연 얼마나 더 버틸 수 있을까?

바람이 휘몰아치기 시작했다.

지주의 몸 주변에서 퍼져 나가기 시작한 파동이 하나의 커다란 압력이 되어 적월을 짓눌렀다.

지주는 주먹을 들어 올렸다.

광마장군일 때는 도를 사용했지만 실제 그는 박투술에 능한 자였다.

지주가 육중한 발로 땅을 내리밟았다.

그 순간 굉음이 주변으로 퍼져 나가며 천산이 흔들리는 듯한 착각을 받았다.

쿠웅!

지주가 몸을 날렸다.

주먹이 빠르게 안면을 파고든다. 하지만 적월은 그런 지주의 팔을 향해 요란도를 휘둘렀다. 너무도 정직하게 직선으로 날아드는 공격은 읽기 그리 어렵지 않았다.

 요란도를 피하기 위해 손을 비틀 거라 생각했다.

 하나, 그건 착각이었다.

 지주는 손을 거둘 생각이 없어 보였다.

 '이런.'

 무슨 생각인지는 모르겠지만 적월은 불안한 마음에 슬쩍 뒷걸음질 쳤다. 하지만 그렇다고 해서 요란도의 움직임이 멈춘 것은 아니었다.

 요란도가 정확하게 팔목을 내리쳤다.

 요력이 담긴 일격, 지주의 팔이 잘려 나가도 이상할 것이 없었거늘…….

 푸욱.

 요란도가 박혔다. 하지만 지주의 두터운 팔뚝의 반도 파고들지 못하고 멈추고야 말았다. 그리고 바로 그 순간 반대편 손이 적월의 멱살을 움켜잡았다.

 지주는 그대로 적월을 허공으로 들어 올렸다.

 그리고 요란도가 박힌 손으로 연신 적월의 몸에 강권을 날려 댔다.

 퍽퍽퍽!

적월은 최대한 몸을 움츠렸다. 빠져나갈 순 있지만 그냥 나가서는 안 된다.

요란도를 뽑아내야 한다.

팔뚝에 박힌 요란도가 쉽사리 뽑혀져 나오지 않는다. 적월은 그대로 주먹에 몸을 맡겼다.

퍼억!

가슴팍에 제대로 적중당하며 몸이 뒤로 밀려 나간다. 그리고 그 반동을 이용해 적월은 요란도를 뽑아내 그대로 팔목을 비틀어 틈을 만들어 냈다.

퍽!

손가락을 비틀며 그대로 발로 가슴을 밀어냈다.

적월의 몸이 뒤로 훨훨 날아 땅에 착지했다.

"웩!"

입에서 한 사발은 족히 될 법한 피를 내뱉었다.

머리가 멍하고, 제대로 당한 가슴에서는 뜨거운 열기가 계속해서 밀려온다.

적월이 힘겹게 고개를 들어 올렸다.

빈틈을 보여서는 안 된다. 그랬다가는 저 무식한 몸에서 터져 나오는 박투술에 그대로 노출되고야 말 것이다.

적월의 시선이 향한 곳은 지주의 팔뚝이었다.

요란도가 베지 못한 그 팔, 문제는 그 팔이 점점 아물기 시작한다는 것이다.

"......미쳤군."

"안됐지만 지금 네 힘으론 내 팔 하나 못 베는데 어떻게 할래?"

지주가 이제는 자상만 남은 자신의 팔뚝을 보여 주며 대꾸했다.

놀라온 회복력이다.

그리고 요력이 담긴 요란도에 베어지지 않는 괴물 같은 신체도 문제다.

'요력이 모자라.'

최상의 상태였다면 단번에 베어 버렸을 게다.

하지만 이미 이십 명에 달하는 명객들을 단번에 쓸어버리기 위해 많은 요력을 사용한 뒤다.

물론 최상의 상태로 저 팔을 베어 냈다 해서 승리를 자신할 수도 없다. 혹여나 저 괴물 같은 놈이라면 잘린 팔이 다시금 붙어 버릴지도 모른다.

적월은 잠시 호흡을 고르려 했지만 그럴 틈이 없었다. 지주의 뒤편에 있던 자들이 스리슬쩍 적월의 주변을 에워싼다.

지주가 적월을 바라보며 흡족한 듯 웃음을 지어 보였다.

"나 하나도 감당하지 못하는 네가 지객(地客)들까지 상대할 수 있겠어?"

"해보면 알겠지."

적월은 힘겹게 숨을 골랐다.

적월이 준비를 마쳤을 무렵 지객들이 달려들었다.

열 명의 지객들은 무척이나 재빨랐다. 지주의 직속 휘하에 있는 자들답게 마교에 있던 명객들과는 그 실력이 달랐다.

하지만 적월 또한 잠자코 당해 주지는 않았다.

요란도가 번개처럼 움직였다.

그리고 동시에 요기도 적월의 뜻에 따라 사방으로 꽃씨처럼 퍼져 나갔다.

공기 중으로 퍼져 나간 요기가 폭발했다.

퍼퍼펑!

사방에서 폭발이 일었다. 지객들의 가슴 부분에서도, 다리에서도, 머리 부근에서도…… 연달아 폭발하는 폭음 속에서 적월의 요란도는 연신 상대의 약점을 파고들었다.

쐐엑! 퍽!

지객 하나의 가슴이 터져 나갔다.

하지만 멈추지 않았다. 적월은 그대로 뒤로 도약하며 발길질로 하나를 밀어냈다. 그리고 그 순간 적월의 요란도에 잠들어 있던 요력이 터져 나갔다.

천마신공 오 초 천마대수라강기. 수십 개로 나눠진 강기의 가닥들이 그들을 덮쳤다.

잠시 달려든 수하들과 적월의 싸움을 바라보던 지주의 미간이 꿈틀했다.

저 초식과 요력을 같이 사용하며 광마장군이었던 자신의 가슴을 갈랐다.

그랬기에 머리에 담아 두었던 초식, 그때 보았을 때와 다르게 한 단계 더 발전했다. 그때는 요력이 도와주는 역할을 했었다. 하지만 지금은 그 요력이 내공과 합쳐져 그 힘을 더 크게 발현시킨 것이다.

쏴아아!

밀려 나가는 공기가 지주의 전신에 난 털을 곤두서게 한다. 요력의 향연에 지주는 소름이 오싹 돋았다.

'위험하다. 저놈은 지금 여기서 죽여야 해.'

힘을 잃은 지금 죽여야 한다.

지주가 주먹을 든 채로 앞으로 몸을 날렸다.

강기의 가닥들이 이미 수하들을 덮어 나가고 있었는데, 일부는 피하기도 했고 또 몇 명은 부상을 입고 뒤로 튕겨져 나갔다.

지주의 주먹이 그 사이를 파고들었다.

퍼억!

정확하게 가격했다 생각했다. 비어 있는 틈에 정확하게 주먹을 꽂아 넣었으니까. 하지만 연달아 내려치려던 주먹을 움직일 수가 없었다.

 요란도의 옆에 비어 있는 틈을 파고들었거늘 날아드는 그 주먹을 적월이 손바닥으로 잡아 낸 것이다.

 체격 차이와 남아 있는 힘이 달랐기에 적월은 그대로 뒤로 주우욱 밀려 나갔다. 하지만 꽉 잡은 주먹만큼은 놓치지 않았다.

 놓치면 그 이후에 치명적인 일격들이 들어올 것을 잘 알았기 때문이다.

 뒤로 밀려나던 적월의 몸이 결국 멈추어 섰다.

 주먹을 정면으로 받은 탓에 어깨뼈까지 으스러진 것만 같은 충격을 받았지만 적월은 이를 악물었다.

 둘의 시선이 요란도를 사이로 마주쳤다.

 뜨거운 두 쌍의 눈동자가 서로를 응시한다.

 그리고 둘의 시선이 마주친 지 얼마 되지 않아 둘이 충돌한 그 지점에서 폭발이 일어났다. 둘이 힘을 겨루며 생겨난 충격파가 뒤늦게 일어난 것이다.

 쿠우웅!

 둘의 몸이 반대편으로 밀려 나갔다.

 지주는 안전하게 착지한 데 비해 적월은 사정없이 땅을 굴렀다. 하지만 그럼에도 불구하고 적월은 결코 손에서 요란도를 놓치지 않았다.

땅을 구르며 뒤로 밀려났던 적월이었지만 그는 빙글 돌면서 결국 자리에서 일어났다.

"허억, 허억."

깊게 숨을 몰아쉬는 적월의 입 주변은 쏟아진 피와 흙이 뒤엉켜 엉망이다.

지주는 팔을 아래로 한 채로 가만히 적월을 바라봤다. 무척이나 멀쩡해 보였지만 실상은 아니다.

둘의 주먹과 손이 맞닿은 지점에서 생겨난 충격파로 인해 손바닥이 터져 나가 버린 것이다. 아래로 향한 주먹에서 피가 뚝뚝 떨어져 내린다.

"흐음."

주먹을 들어 올린 지주가 가만히 자신의 상처를 살폈다. 요란도에 팔뚝이 반 정도 잘려 나간 것에 비하면 아무것도 아닌 상처다. 헌데, 그럼에도 불구하고 회복 속도가 무척이나 더디다.

그만큼 안으로 깊은 부상을 입었다는 소리다.

지주가 자신의 주먹을 바라보고 있을 때 적월이 자리에서 천천히 일어났다.

요란도를 다시 든 적월의 얼굴에는 핏기가 없었다.

피를 잔뜩 토해 낸 탓에 속도 진탕이다.

그럼에도 불구하고 적월의 눈동자는 오히려 아까보다 더욱 타오르고 있다.

적월이 요란도를 앞으로 내밀고 끝 부분을 가볍게 흔들며 말했다.

"뭐 해, 안 오고."

"……"

이놈은 싸움 귀신이다.

상황이 안 좋아질수록 포기를 하기는커녕 더 불타고 있다. 흡사 이 상황을 즐기기라도 하려는 듯이. 저런 놈들은 무척이나 드물지만 또 저런 부류에 대해서 알고 있다.

사선을 넘을수록 강해지는 자들이다.

지주 자신이 그런 자를 건드렸다. 건드린 이상…… 책임을 져야 한다. 죽이든지, 아니면 죽어서 그런 위험한 놈의 거름이 되든지.

"참으로 다행이다. 지금 네놈을 만나서."

"……?"

뜬금없는 지주의 말에 적월이 의아한 표정을 지어 보였다.

지주 또한 주먹을 들어 올렸다.

처음엔 명객 스무 명의 목숨을 버리게 한 헌원기를 벌하려 했다. 하지만 지금은 조금 다르다. 명객 스무 명의 목숨으로 저자를 죽일 수만 있다면 이건 남는 장사다.

만약 헌원기가 섣부르게 명객들을 움직여 적월을 치지 않았다면 자신은 최상의 상태의 적월을 마주하게 되었을 것이다.

만약 그랬다면…… 승패를 장담할 수 없었을지도 모른다.

주먹을 높게 치켜든 지주가 천천히 말했다.

"그리고 감사한다."

묘한 말을 날렸던 지주가 다시금 입을 열었다.

"너 같은 자를 죽일 기회가 내게 주어져서."

저 같은 강자와 싸울 수 있고, 죽일 수 있는 상황에 지주는 전신에 감도는 희열을 느꼈다.

지주의 몸 주변으로 강대한 기운이 몰려든다.

그리고 적월 또한 요란도를 든 채로 지주와 지객들을 바라보고 있다. 먼저 달려든 것은 지객들이었다. 그들은 지주에게 기회를 내주기 위해서인지 위험을 무릅쓰고 선공을 펼쳤다.

사방에서 병기들이 날카로운 이를 드러냈다.

이에 맞서는 적월의 요란도 또한 지지 않겠다는 듯이 사방으로 날뛰었다.

창창!

막아 내는 것이 전부가 아니다.

막는 것과 동시에 공격이 펼쳐진다.

적월은 제대로 움직일 수 있는 남은 지객들의 공격을 받아 내면서 오히려 그들의 약점을 파고들었다.

요란도가 지객 하나의 허리춤을 아슬아슬하게 스치고 지나갔다. 한 치만 더 깊었어도 치명상이 되었겠지만 조금 모자랐다.

그리고 그 순간 뒤편에서 다른 자의 검이 날아들었다.

적월이 공격을 피하기 위해 빙그르 돌았지만 검이 어깨를 베고 지나갔다. 옷이 피로 젖을 정도의 부상이었지만 적월은 상처를 돌볼 여유가 없었다.

멈출 수 없다.

지객들을 향해 적월의 요력이 움직였다.

사방으로 잔잔한 기의 파동이 뿜어져 나갔고 지객들의 몸도 덩달아 뒤로 밀려났다. 그럼에도 불구하고 지객들은 끈덕지게 적월에게 들러붙었다.

흡사 그의 힘을 조금이라도 더 빼 놓기라도 하겠다는 듯이.

적월을 둘러싸고 있던 그들이 갑작스럽게 사방으로 나뉘었다. 그리고 그 순간 보이지 않던 사각에서 지주가 들이닥쳤다.

육중한 몸의 그가 달려오며 그 반동을 이용해 주먹을 날렸다. 하지만 그것은 그냥 주먹이라 보기 힘들 정도의 파괴력을 지녔다.

공기가 갈라지며 날카로운 파공음을 토해 냈다.

부우웅!

등 뒤에서 일순 식은땀이 솟아날 정도의 박력이 느껴졌다. 사각 지대에서 파고든 탓에 적월의 방비가 조금 늦었다.

날아드는 주먹을 응시하며 적월은 황급히 팔꿈치로 팔뚝의 경로를 바꾸었다.

주먹이 종이 한 장 차이로 얼굴을 스치고 지나갔다.

하지만 그것만으로도 이 주먹의 위력은 충분히 느꼈다. 간발의 차이로 피해 낸 덕분에 적월은 오히려 지주의 품 안으로 파고든 형상이 되었다.

그리고 적월 정도 되는 고수가 이런 상황을 놓칠 리가 없었다. 그대로 팔꿈치를 들어 올리며 상대의 명치 부분을 강하게 후려쳤다.

쩌엉!

뒤로 몇 걸음 밀려나던 지주가 그대로 몸을 비틀며 발로 적월의 등 뒤를 후려쳤다. 양손을 들어 방비했지만 너무나 두터운 발에서 뿜어져 나오는 기운이 적월의 몸을 넘어진 통처럼 데굴데굴 구르게 만들어 버렸다.

그리고 곧바로 일어나 지주에게 달려들려던 적월의 앞을 지객들이 막아섰다.

'젠장, 이 귀찮은 놈들부터 우선 어떻게 해야겠군.'

지주 하나만으로도 버거운 몸 상태다. 그런데 자꾸 이들이 지주에게 기회까지 만들어 주니 상황이 점점 안 좋아지는 느낌이다.

가뜩이나 요력이 슬슬 바닥을 드러내는 상황에서 이같이 시간이 끌리는 건 결코 좋지 않다.

마음을 먹는 순간 기운이 몰려들기 시작했다.

요력이 주변 땅을 일렁거리게 만들었다. 싸움을 벌인 탓에 엉망이 되어 버린 하얀 눈들이 하나둘씩 허공으로 솟구쳐 올랐다.

흡사 처음 땅으로 내려올 때의 모습으로 말이다.

허공으로 솟구쳐 오르던 눈들이 갑자기 그 움직임을 멈췄다.

아주 조그마한 구름 형상을 띤 눈들이 주변으로 천천히 펼쳐져 나간다. 마치 하늘에 있는 구름 속을 거니는 듯한 분위기였지만 당하는 자들의 입장에서는 결코 그렇지 않았다.

요력으로 이루어지는 상황, 결코 이것이 아름답기만 하지는 않을 것이다.

두 손을 앞으로 내뻗은 적월의 손끝이 살짝 떨리기 시작했다. 그만큼 많은 요력을 사용하고 있다는 소리였다.

지주와의 싸움을 위해 최대한 요력을 아끼려 했지만 그럴 상대들이 아니다. 지주와는 그 급이 다르다 할지라도 이들 또한 명객, 어쭙잖은 공격은 통하지 않는다.

앞으로 뻗어져 있던 적월의 양손이 갑자기 접혔다.

순간 아름답기만 하던 주변 전경이 지옥으로 변했다.

눈이 지객들을 집어삼켰다.

으드득!

"크악!"

외마디 비명이 천산을 울렸다. 하지만 그 잔인한 광경은 끝이 아니었다. 눈들이 계속해서 지객들을 덮어 가며 그 압력으로 상대를 짓뭉개 버리기 시작했다.

과도로 압축되기 시작한 눈들의 힘이 지객들의 목숨을 앗아 가는 것이다.

새하얗던 눈이 피로 새빨갛게 변하는 모습은 괴이하고 공포스러웠다.

단 한 번의 공격으로 남아 있던 여섯 명의 지객들이 그대로 시신조차 찾기 힘들게 부셔져 버렸다.

그리고 그 순간 적월의 입에서도 피가 터져 나왔다.

푸슉.

아까 토해 낸 것에 이어 어마어마하게 많은 양의 피를 토해 낸 적월의 얼굴은 엉망이었다. 입술 아래로는 온통 피범벅이었고, 안색도 새파랗다.

흡사 시신이라고 해도 믿을 정도로 핏기가 없다.

그렇지만 두 눈동자만큼은 여전히 살아 있다.

독기 가득한 시선으로 적월이 뒤편에 서서 상황을 바라만 보고 있는 지주를 바라봤다.

흡사 다른 사람 일인 것처럼 팔짱을 낀 채로 이 상황을 지켜만 보고 있던 지주의 얼굴에는 수하들이 죽었다는 것에 대한 일말의 감정적 동요도 느껴지지 않았다.

처음부터 이들을 지옥왕의 요력을 빼게 하는 데 사용하기 위해 데려왔다. 필요한 곳에서, 목적에 맞게 죽었는데 동요할 이유가 그에게는 전혀 없었다.

지주가 느릿느릿 걸음을 옮기며 입을 열었다.

"많이 지쳐 보이는데?"

"……너 하나 죽일 힘 정도는 남아 있다."

적월이 비웃음을 흘리며 입을 열었다.

하지만 이건 말뿐이다. 정말로 손가락 하나 까딱하기 힘들 정도의 몸 상태다. 환생을 한 이후 이토록 지쳐 본 적이 있었나 싶을 정도다.

무리하게 요력을 쥐어짜며 내상을 입었다.

몸 안에서 날뛰기 시작한 요력과 내력이 뒤엉키며 생겨난 결과물이다. 두 개의 힘이 동시에 역류하니 고통도 배 이상이다.

"쿨럭쿨럭."

적월이 잘게 기침을 내뱉었다. 동시에 핏덩어리가 입안에서 다시금 쏟아져 나왔다.

그 모습을 보며 지주가 만족스러운 미소를 지으며 말했다.

"염라대왕에게 도움이라도 청해 보지그래?"

"부하들 가지고 날 이렇게 만들고 잘난 척은."

"과정이 중요한가. 결과가 가장 중요한 것이지."

적월은 굽혔던 허리를 폈다.

그러고는 거칠어진 숨을 계속해서 고르게 하기 위해 더욱 길게 호흡을 내뱉었다. 그러자 아주 조금이지만 날뛰는 몸이 진정되는 느낌을 받았다.

적월은 바로 요란도를 들고 기수식을 취했다.

더불어 다시금 요력을 이용해 아까처럼 눈들을 허공으로 띄웠다. 똑같은 수법, 하지만 아까보다 그 범위가 무척이나 좁다. 요력이 부족한 탓도 있고 상대가 하나이기도 해서다.

무시무시한 상황을 봤었음에도 불구하고 지주는 여유가 있었다. 오히려 허공에 뜬 눈들을 손가락으로 어루만지는 여유까지 보였다.

눈들을 어루만지던 지주가 힐끔 적월을 바라보며 말했다.

"이게 나한테도 되겠어?"

"해 보면 알겠지."

말과 함께 적월이 다시금 주먹을 쥐어 보였다.

그러자 아까와 마찬가지로 눈들이 지주를 뒤덮어 갔다. 엄청난 압력이 그를 짓뭉갤 것만 같았다. 하지만 아쉽게도 상대가 달랐다.

사르륵.

덮어 가던 눈들이 녹아내린다.

그것은 흡사 비처럼 되어 지주의 전신을 적셨다.

지주의 몸 주변으로 퍼져 나가는 엄청난 투기 탓이다. 모자란 요력은 지주의 투기를 뚫고 들어가지 못했다.

투기로 적월의 공격을 막아 낸 지주가 손바닥을 들어 올렸다. 손가락을 곤두세운 용조권의 형태를 띤 지주의 손바닥 안에서 둥그런 구가 생성되기 시작했다. 그것은 손바닥을 타고 팔뚝까지 뒤덮었다.

"어디 한번 받아 봐."

그 한마디를 남긴 채 지주가 적월을 향해 돌진해 들어왔다. 묵직한 걸음걸이에 주변이 흔들린다는 착각이 인다. 그리고 순식간에 거리를 좁힌 지주의 주먹이 적월을 향해 날아들었다.

보통 주먹이 아니다.

권강이 담긴 주먹, 적월 또한 요란도에 내력을 집중시켰다.

두 힘이 충돌했고 아주 짧은 시간이었지만 주변은 빛에 잠식됐다.

콰르릉!

커다란 굉음이 터져 나가고 사라진 빛 속에서는 서로 버티고 서 있는 두 사내가 있었다.

'이놈이?'

지주의 입 끝이 꿈틀했다.

그토록 내상을 입고서도 지주 자신의 공격을 어찌어찌 받아 낸 것이다. 터져 버렸던 주먹에서 다시금 피가 쏟아져 나온다.

물론 적월 또한 멀쩡하지는 못했다.

얼굴에는 땀이 가득했고, 입가는 푸들푸들 떨린다.

그렇지만 버티고 섰다. 그리고 그저 버틴 것이 전부가 아니다. 갑작스럽게 적월의 입꼬리가 올라갔다. 그리고 그 미소를 보는 순간 지주는 뭔가 섬뜩한 느낌을 받았다.

등골을 타고 싸한 느낌이 전신을 뒤덮는다.

그리고 그 예감은 적중했다. 적월의 등 뒤에서 기다렸다는 듯이 강기의 가닥들이 치솟았다.

지주는 황급히 반대편 주먹을 휘둘러 적월의 가슴을 후려쳤다.

퍼억!

하지만 그 순간 강기들이 지주를 뒤덮었다.

황급히 호신강기를 일으키며 버텨 보았지만 강기가 결국 그것을 깨고 들어오고야 말았다.

"커억!"

지주가 피를 토하며 나동그라졌다.

적월 또한 이미 지주의 주먹질을 맞고 뒤로 넘어졌던 상태. 먼저 일어난 것은 적월이었다. 힘겹게 자리에서 일어난 적월이 비틀거리면서 요란도를 땅에 박아 넣었다.

이러지 않고서는 제대로 버티고 서 있기조차 힘들었다. 상대가 그리 녹록한 자가 아님을 잘 알기에 적월은 남은 요력을 모두 끌어모았다.

쓰러져 있는 지주를 바로 죽여야 한다.

적월의 두 눈마저 새빨갛게 변했다. 전신의 모든 피가 머리로 쏠리는 듯한 느낌이다.

덜덜 떨면서 모은 요력들이 단번에 대기를 가르는 날카로운 검이 되어 쏟아져 내렸다.

두두두두!

지주의 가슴팍에 수십 개의 검이 틀어박혔다.

잠시 정신을 차리지 못하던 지주는 그 공격으로 한 번 잘게 경련을 일으키더니 추욱 늘어졌다.

그리고 그 모습을 확인한 적월은 힘겹게 요란도를 뽑아 들었다.

'끝인가? 아니면······.'

보통 사람이라면 죽었어야 한다.

이미 상황이 종료라 생각하고 편안히 주저앉아도 이상할 것이 없다. 그렇지만 적월은 그러지 못했다. 가슴을 베었음에도 불구하고 살아났던 전례가 있는 탓이다.

적월은 뚫어져라 지주를 바라봤다.

제발 죽기를 바랐다. 하지만……

부르르.

갑작스러운 경련, 그리고 눈앞에서 놀라운 일이 벌어졌다. 가슴에 수많은 검상을 입었던 지주가 자리에서 일어나기 시작한 것이다. 그것도 무서울 정도로 빠르게 상처를 회복하면서.

전신이 피범벅이었고 지주의 두 눈은 분노로 이글거렸다.

기분이 좋지 않았다.

같은 상대에게 두 번이나 죽음에 가까운 고통을 느껴야만 했다. 그 같은 사실이 지주를 분노케 한 것이다.

적월을 바라보는 지주의 두 눈에는 살의만이 감돌았다.

"네놈…… 편안히 죽지는 못할 것이다."

지주가 살기 어린 말과 함께 걸음을 옮겼다. 몸 상태가 그리 좋아 보이진 않았지만 적월과는 비교할 수조차 없다.

적월은 정말로 지주에게 대항할 힘조차 남지 않았기 때문이다.

적월이 눈을 감았다.

그리고 정신을 집중하기 시작했다.

훗날을 위해 아직은 쓰고 싶지 않았다. 하지만 상황이 이렇게 되어 버렸으니 결국은 열어야 할 때가 온 것이다.

적월이 마음을 먹기가 무섭게 양쪽 어깨에서 천천히 붉은 문신이 빛을 발했다. 다름 아닌 천왕문을 열기로 마음먹은 것이다.

문신이 빛나며 사방으로 요기들이 난동을 부린다.

그런 적월의 모습에 지주 또한 일순 당황한 얼굴이었다. 적월이 두 손을 앞으로 뻗었다.

그리고 천왕문을 열기 위해 적월이 요력을 개방하려는 그 순간.

"미안, 조금 늦었다."

들려온 목소리에 적월은 천왕문을 개방하기 위해 쏟아 내던 요력을 멈췄다. 적월이 천천히 뒤로 시선을 돌렸고 그곳에 서는 너무나 익숙한 한 사내가 있었다.

항상 입가에 웃음을 머금고 사는 사내.

몽우.

그가 이곳에 왔다.

몽우의 등장은 적월에게는 반가움으로, 그리고 지주에게는 의아한 감정이 샘솟게 했다.

그런 둘의 상반된 감정 속에 몽우가 발걸음을 옮겼다.

엄청난 싸움이 벌어졌던 장소에는 어울리지 않는 밝은 표정과 가벼운 발걸음. 갑작스레 등장한 그를 지주가 곁눈질로 살폈다.

그리고 그런 시선을 몽우 또한 모를 리가 없었다.

"왜 이렇게 늦었어?"

적월의 말에 몽우가 웃으며 대꾸했다.

"어디로 가는지는 말해 줘야 바로 찾아오지. 네 요력을 읽고 간신히 찾아온 거거든? 그나저나…… 시끄러운 싸움이 있었던 모양이네."

말을 마친 몽우의 시선이 지주에게 틀어박혔다.

둘의 시선이 마주치자 몽우는 그저 환하게 미소를 지었다. 그런 몽우가 마음에 들지 않는다는 듯이 지주가 입을 열었다.

"넌 뭐야?"

"저 말입니까? 이 녀석 친구인데……."

"지금 나랑 농담이나 하자는 거냐? 내가 묻는 건 그게 아니잖아."

지주가 두 눈을 부라렸다.

보통 인간은 아니다. 요력을 읽고 나타났다고 스스로도 말하지 않았던가. 말을 내뱉는 지주의 몸 주변에서 무서운 기운이 흘러나왔다.

하지만 정작 그 기운을 받고 있는 몽우는 대수롭지 않다는 듯이 입을 열었다.

"당신이 제 정체에 대해 아실 필요는 없고, 제가 드릴 말은 이겁니다. 그쪽에서 저희를 건드리지 않으면 그냥 가지요."

"건드린다면?"

"그러면…… 싸워야겠지요?"

"건방진!"

자신 앞에서 이토록 으스대듯 말하는 저놈에게 분노가 치민다. 그리고 대체 정체가 무엇이기에 저 같은 자신감을 보인단 말인가.

지주의 두 눈이 이글거렸다.

상대가 누구인지 모른다. 하지만 자신이 누구인가. 혈왕 님을 따르는 네 명의 회주 중 일인이다. 그런 자신이 눈앞에 있는 상대가 누구든지 고민할 필요가 무엇이 있단 말인가.

이미 지옥왕은 과도하게 많은 명객들과 싸우고 요력을 쏟아 낸 탓에 제대로 돕지도 못할 것이다.

그렇다면 상대할 것은 고작 저 세상 무서운지 모르고 까부는 풋내기 하나뿐이다.

지주는 주먹을 들어 올렸다.

몽우는 결국 싸우기로 마음먹은 지주를 보며 고개를 가볍게 저었다. 가능하면 피하려 했는데…… 역시나 물러설 생각은 없어 보였다.

적월은 지주를 향해 걸음을 옮기는 몽우를 보며 황급히 입을 열었다.

"어이, 상대는……."

"알아. 누군지."

말을 마친 몽우의 손이 허리춤으로 향했다. 그리고 자연스럽게 묵룡강마검을 뽑아들었다. 잘 빠진 검신이 청명한 소리와 함께 모습을 드러냈다.

스르릉.

지주의 앞에 선 몽우가 가볍게 몸을 풀기 시작했다. 손목을 돌리며 목을 이리저리 움직이며 전신의 근육을 이완시킨다.

그런 몽우의 행동을 지주가 말없이 계속해서 바라봤다. 그리고 몽우가 모든 준비가 끝날 무렵 지주가 입을 열었다.

"잠깐? 우리가 언제 본 적이 있던가? 왠지 낯이 익은데……."

"뭐, 스치듯이 봤을지도 모르겠군요. 저도 명객이니까요."

몽우는 대수롭지 않게 말했지만 정작 듣고 있던 지주는 깜짝 놀랐다. 보통 인간은 아닐 거라 생각했지만 그렇다 해서 명객일 거라고는 상상도 하지 못했다.

염라대왕이 다른 누군가를 함께 보낸 것이 아닌가 정도로 의문을 품었을 뿐이다.

그런데 명객이라니?

"너 내가 지주인 걸 안다고 지껄이지 않았더냐?"

"그랬죠."

"네놈이 명객이고 내가 지주인데…… 지금 나와 싸우겠다고? 그것도 지옥왕을 돕기 위해서?"

"그렇게 되겠군요."

"어째서?"

지주는 끓어오르는 화를 꾹 참으며 힘겹게 물었다.

왜 명객이 지옥왕을 돕고 있는 것인지 이해도 되지 않았고, 지주인 자신에게 덤빈다는 것 자체도 현실적으로 말이 되지 않았다.

적어도 명객이라면 지주가 어떠한 존재인지 잘 알 테니까.

그런 지주의 질문에 몽우가 입을 열었다.

"글쎄요. 굳이 왜냐고 물으신다면…… 이쪽이 더 재밌어서랄까?"

"그게 다냐?"

"예."

몽우가 웃었다.

하지만 그 순간 지주의 화가 폭발했다.

"감히 명객이 지옥왕을 도와? 네놈을 죽이고 또 그 시신마저 찢어발겨서 혈왕 님께 가져다 바치겠다, 이노옴!"

지주가 도약했다.

삼 장 정도 허공으로 치솟았던 그가 그대로 주먹을 내질렀다. 주먹을 타고 막강한 권강이 단번에 몽우를 노리고 날아들었다.

몽우는 그런 권강을 향해 도리어 몸을 날렸다. 흡사 권강에 집어삼키어지기라도 하려는 듯이 말이다.

묵룡강마검이 빛을 토해 냈다. 하지만 그 빛은 지주의 권강에 비해 너무나 미약해 보였다.

태양과 싸우려 드는 반딧불이 같은 모습은 절로 붙기도 전부터 승패가 정해져 있는 것만 같았다.

하지만 그 두 개의 힘이 충돌하는 그 순간 모든 것이 변했다.

얇디얇았던 빛이 권강을 반으로 갈라 버렸다.

그리고 그 뒷면에서 몸을 날리고 있던 지주에게까지 단번에 날아들었다. 이런 예리한 공격에 당황한 것은 지주였다.

자신의 내력을 잔뜩 실은 권강마저 손쉽게 반으로 갈라 버린 검이다. 만약 이대로 가다가는 주먹이라고 한들 남아나기가 어려울 게다.

지주는 황급히 손을 거두었다. 그러나 몽우의 검 끝에 맺혔던 빛은 결코 지주를 그냥 놔두지 않았다.

파라락.

먹이를 노리는 맹수처럼 그 빛이 사방으로 뻗어지며 지주의 팔을 노렸다. 그리고 피하기에는 너무 늦었다 생각했는지 지주는 팔목으로 내력을 집중했다.

바로 그때 몽우가 쏟아 낸 기운이 지주의 팔목을 집어삼켰다.

퍼엉!

힘이 충돌하며 폭음이 터져 나왔다. 그리고 두 명은 동시에 그 충격에 밀려 땅으로 떨어져 내렸다. 비슷한 힘이 충돌한 것처럼 보였지만 땅에 내려서자 누가 우세한지 명백히 판가름이 났다.

후두둑.

지주의 팔에서 쉬지 않고 피가 터져 나왔다.

정확히 말하자면 주먹 부분이 날아갔다고 해야 맞을 게다. 손이 날아갔고, 팔뚝에 이르는 지점까지 온통 피범벅이다. 크고 작은 부상들이 팔을 뒤덮고 있다.

지주는 물끄러미 자신의 손을 내려다봤다.

방금 전까지 손이 있었던 장소가 휑하다.

제아무리 괴물 같은 회복력을 자랑하는 지주의 신체라 할지라도 이렇게 잘려져 나간 것까지 완벽하게 복구하는 건 불가능했다.

단 한 번의 격돌이지만 지주는 알아 버렸다.

상대는 그냥 단순한 명객이 아니다.

명객에도 등급이 있다. 이름조차 모를 정도의 하급, 그리고 어느 정도 안면이 있는 중급의 명객들과 마지막으로 수족으로 쓸 만한 상급의 명객들.

지주는?

특별하다.

자신뿐만이 아니라 네 명의 회주 모두 마찬가지다. 제아무리 내력이 고갈되었고, 적월로 인해 부상을 입었다고는 하지만 그렇다 해도 변하는 건 없다.

특별한 자는 그만한 이유가 있기에 특별하다 말할 수 있는 것이다. 제아무리 힘이 빠졌다 해도 일반 명객이 자신을 밀어붙인다는 건 있을 수 없는 일이다.

지주 자신을 이토록 압도하는 상황에서 저놈은 명객일 수가 없다.

지주가 굳어진 안색으로 입을 열었다.

"너…… 정말 명객이냐?"

"물론이지요. 그리고 알고 있습니다. 당신의 괴물 같은 회복력도."

몽우는 지주를 상대할 방법을 알고 있다.

그의 신체는 너무나 특이해서 결코 베어 내는 걸로 끝을 낼 수가 없다. 박살을 내야 한다. 다시는 회복하지 못할 정도로 완벽하게.

몽우가 검을 땅으로 늘어트렸다.

그러고는 천천히 옆으로 걷기 시작했다.

시선은 땅으로 향했다. 주변에서 벌어진 모든 일에 관심 없다는 듯한 무념무상을 연상케 하는 모습.

걸음걸이가 가볍다.

자연의 섭리를 무너트릴 정도의 시끄러운 싸움 탓에 조용해졌던 천산의 모든 것들이 다시금 원래의 생명을 찾아 간다.

바닥을 보며 걷던 몽우가 발을 멈추고 힐끔 시선을 옆으로 돌렸다. 평범한 모습이었지만 그런 그를 상대하는 지주에게는 그렇지 않았다.

평화로워 보이는 몽우의 뒤에 드러난 그 끝도 모를 힘이 느껴졌기 때문이다.

"당신의 말도 안 되는 회복력은 알고 있으니 바로 끝내도록 하지요."

천천히 말을 내뱉는 몽우의 등 뒤에서 아홉 개의 커다란 기운이 솟구쳐 올랐다. 그리고 이내 그것들은 지옥에나 있을 법한 요괴들의 형상으로 변해 가기 시작했다.

아홉 명의 요괴.

그 요괴들을 등 뒤로 하고 몽우가 걸어왔다.

무척이나 위압스러운 광경도 놀라웠지만 정작 더욱 시선을 끄는 것은 그걸 마주하고 있는 지주의 모습이었다. 처음엔 내력을 끌어모았던 지주였지만 몽우의 기운이 요괴를 형상화하기 시작하면서 그의 표정이 변했다.

'저, 저건……'

본 적이 있다.

어찌 저걸 잊을 수가 있겠는가.

하지만 어떻게? 대체 어떻게……!

지주가 덜덜 떨며 천천히 입을 열었다.

"어찌하여 네놈이……"

"이제 그 입, 닫아 줘야겠습니다."

말을 마친 몽우의 두 눈동자가 갑작스럽게 붉게 물들었다. 그리고 그 순간 뒤편에 있던 기로 만들어진 요괴의 형상이 지주를 향해 뛰어들었다.

쿠우웅!

지주는 방어도 하지 않았다. 그저 멍하니 날아드는 공격을 받아들였을 뿐이다.

막지 않은 것인가, 아니면…… 막을 수 없음을 직감한 탓인가.

후자다.

지주는 이 무공을 보는 순간 자신의 죽음을 직감했다. 막을 수 없다는 사실을 너무나 잘 알았기 때문이다. 단 한 번 보았지만 결코 잊을 수 없었다.

이 기운은…… 혈왕의 것이다.

퍼엉.

멍하니 서 있던 지주의 머리통이 터져 나갔다.

그리고 이내 지주의 몸이 천천히 무너져 내렸다.

털썩.

땅으로 쓰러진 지주의 신체는 미동도 하지 않았다. 제아무리 지주의 회복력이 괴물 같다 해도 이제는 살아날 수 없다.

지주를 단번에 죽여 버린 몽우가 천천히 몸을 돌렸다. 그 괴물 같은 힘을 본 탓인지 멀리에서 도망도 못 치고 있던 헌원기는 그저 덜덜 떨고 있었다.

몽우는 헌원기와 현마를 한 번 바라보고는 이내 시선을 적월에게로 돌렸다.

적월은 많이 지쳐 있음에도 불구하고 요란도에 의지한 채 꼿꼿이 서 있었다. 엄청난 광경을 보았음에도 적월은 평소와 크게 다를 것 없는 표정을 짓고 있었다.

"괜찮아?"

"버틸 만해. 그나저나 굉장하군. 그래도 명객들의 수뇌부 중 하나라는 지주인데 이렇게 손쉽게 이길 줄은 몰랐어."

"그래 보여?"

몽우가 피식 웃었다.

그리고 바로 그 순간 몽우의 입에서 피가 주르륵 흘러나왔다. 입안에 고인 피를 땅에 내뱉은 몽우가 말을 이었다.

"아쉽게도 속은 그리 멀쩡하지 않네. 방금 그 무공은 이 몸으로 감당하기 쉽지가 않아서 말이야."

피를 토해 낸 몽우의 안색이 창백했다.

적월은 그런 몽우를 물끄러미 바라보았다.

지주의 생각에 동감하기 때문이다. 대체 이 몽우라는 자는 누구일까? 명객이라고 했고 그걸 믿어 왔지만 지금 지주를 제압하는 걸 보니 그것조차 의심스럽다.

보통 명객이 그들의 대장급인 지주를 이긴다는 게 말이 안 되는 탓이다. 제아무리 멀쩡한 상태가 아니었다 할지라도.

하지만······.

적월이 주먹을 들어 올려 몽우의 가슴팍을 툭 하고 쳤다.

"신세졌다."

"고맙지는 않고?"

"늦었잖아."

"야, 이것만 해도 엄청 빨리 찾은 거라니까?"

몽우의 말에 적월은 피식 웃었다.

위험한 자다.

적이 된다면 그 누구보다 치명적인 상대가 될지도 모르는. 그럼에도 불구하고 옆에 두고 있다.

몽우에게 도움을 받아야 할 일이 있기 때문이다.

하지만 그게 전부는 아니다.

몽우란 사내는 옆에 두고 있으면 왠지 모르게 든든하고 항상 분위기를 밝게 만들어 준다. 그리고 결정적으로…… 그에게선 왠지 모르게 좋은 향기가 난다.

그랬기에 적월은 아직까지 이 위험한 몽우라는 사내와 함께 가고 있는 것이다. 그 끝이 무엇이 될지는 아직 알 수 없지만.

몽우가 힐끔 뒤편을 바라보며 물었다.

"저들은 어쩔 거야?"

"슬슬…… 정리해야지."

요란도를 뽑아 올리며 몸을 돌린 적월과, 헌원기의 시선이 마주쳤다.

第四章
뒷정리

이십 년이 걸렸어

 넓은 마교의 대전에 수많은 무인들이 모였다.

 갑작스러운 교주 헌원기의 호출, 그것이 바로 이들을 모이게 한 것이다. 하나둘씩 사람들이 들어서기 시작한 대전에는 숫자를 헤아리기 힘들 정도로 많은 인원들이 자리를 채웠다.

 영문도 모른 채 모이게 된 그들은 삼삼오오 모여 이번 호출에 대한 이야기들을 하고 있었다.

 무인 하나가 안으로 들어서며 우렁차게 소리쳤다.

 "교주님 나오십니다!"

 그 말과 함께 대전은 바로 쥐 죽은 듯이 조용해지며 일사불란하게 자리를 맞춘 무인들이 무릎을 꿇었다. 그리고 바로 그때 문으로 한 사내가 천천히 걸어 들어왔다.

머리카락이 희고 편안한 인상의 사내, 헌원기가 바로 그 주인공이었다.

대전에 모습을 드러낸 헌원기가 천천히 자신의 자리인 흑룡의를 향해 걸어갔다. 그러고는 흑룡의 앞에서 잠시 발을 멈췄던 그가 이내 몸을 돌려 의자에 걸터앉았다.

자리에 앉은 헌원기가 입을 열었다.

"모이느라 고생들 했네."

"교주님을 뵙습니다!"

포권을 취하며 마교의 무인들이 한목소리로 외쳤다. 그런 그들을 내려다보던 헌원기가 다시금 말을 이어 나갔다.

"갑작스러운 호출에 다들 당황한 것은 잘 알고 있네. 내 바로 본론으로 들어가지. 아시다시피 얼마 전 내가 이 자리에 즉위한 지 이십 년이 되었다네. 그래서 슬슬 그동안 잘못되었던 것들을 바로잡기 위해 이 자리로들 불렀다네."

헌원기의 말에 모두가 의문스럽다는 듯이 그를 바라봤다. 무엇을 바로잡겠다는 것인지 크게 감이 오지 않았기 때문이다.

헌원기가 말했다.

"금룡광도(金龍狂刀), 흑령사신(黑靈死神), 혈부야차(血斧夜叉), 부도신궁(不倒神弓)을 복직시킨다."

"……!"

 헌원기의 명이 떨어지는 그 순간 대전에 무거운 공기가 내려앉았다. 누구도 선뜻 나서지 못하고 있지만 모두가 지금 헌원기의 명을 이해할 수 없다는 듯한 눈치다.

 지금 헌원기가 호명한 그들은 다름 아닌 전대 교주 용무련의 심복들이다. 그들은 끝까지 헌원기를 따르지 않았고 결국 변방으로 쫓겨났다.

 이십 년이 지난 후에 왜 그들을 갑자기 돌아오게 한단 말인가. 그것도 현 정권에 대한 불만으로 가득한 그들을 말이다.

 하지만 놀라운 일은 그게 전부가 아니었다.

 헌원기가 다음 명을 내렸다.

 "천산 중턱에 대충 묻혀 있는 전귀 추잔양의 묘를 만들 생각이다. 제대로 형식을 갖춰 장례를 치르도록. 그리고 그때는 이십 년 전 죽은 다른 혈전대 전원의 영패도 만들어 그 혼을 기리도록 해라. 이 일은 만귀현제(萬鬼玄帝) 자네가 맡게."

 혈전대에 대한 명이 떨어지자 듣고만 있던 장로 한 명이 나섰다. 패천마검(覇天魔劍) 노룡식(老龍息)이다.

 노룡식이 무릎을 꿇은 채로 입을 열었다.

 "이장로 노룡식, 교주님께 한 말씀 드려도 되겠습니까?"

 "하게."

 흑룡의에 편하게 걸터앉은 헌원기가 말했다.

허락을 받은 노룡식이 자리에서 일어나 포권을 다시 한 번 취해 보였다.

"그들은 교주님에게 위해를 가하려 한 자들이옵니다. 어찌하여 그런 반역도들에게 장례를 치러 주고, 또 영패를 만들어 비치한단 말입니까."

"허허, 패천마검."

"예, 하명하시지요."

"그들이 정말 나를 배신할 만한 자들이라 생각하는가?"

"예? 그게 무슨……."

오히려 헌원기의 질문에 노룡식은 당황하는 기색이 역력했다. 배신을 했다고 하며 몰아 죽인 것은 교주 헌원기, 그가 아니던가.

헌원기가 고개를 가볍게 저으며 말했다.

"그들은 나를 배신한 적이 없다네. 오히려 내가 그들을 배신했지."

술렁.

조용했던 대전에서 점점 목소리가 흘러나오기 시작했다. 그러자 헌원기가 버럭 소리쳤다.

"조용! 아직 내 이야기는 끝나지 않았다!"

다소 소란스럽던 장내가 헌원기의 외침과 함께 다시금 침묵에 감싸였다. 그리고 주변이 조용해지자 헌원기가 말을 이어 나갔다.

"월영천대의 이름을 혈전대로 개명할 것이며, 그들의 실추된 명예 또한 원상태로 복구시킬 것이다. 내가 교주가 되기 위해 잘못 행했던 그 모든 것을 원상태로 돌릴 예정이다. 그리고 그러기 위해서는……."

말끝을 흐리며 헌원기가 대전의 입구를 바라봤다.

그리고 기다렸다는 듯이 누군가가 행색이 남루한 자를 이끌고 대전 안으로 들어섰다.

행색이 남루한 자는 얼굴조차 알아보기 힘들 정도로 망가져 있었다. 그리고 무슨 연유에선지 말도 못 하고 연신 어버버 하는 소리만 토해 냈다.

뭔가를 말하고자 자꾸 노력하고 있었지만 무슨 말인지 알아들을 수가 없다. 더군다나 몸에서 나는 지독한 악취에 대전 안에 있는 모두가 불쾌한 표정을 지어 보였다.

대전 안에 있는 마교의 무인들은 불쾌해하면서도 그 정체 모를 자에게서 시선을 떼지 않았다. 대체 누구기에 이 같은 자리에 저렇게 모습을 드러내게 한 것인가.

헌원기가 천룡의에서 벌떡 일어서며 말했다.

"저자는 나의 심복이었던 현마다. 그는 나를 속여 혈전대를 반역도로 몰아 죽게 만들었고 나의 눈과 귀를 멀게 해 잘못된 판단을 일삼게 했다. 하지만 실상 반역을 하려던 것이

놈임이 밝혀졌기에 이 같은 결단을 내린다."

그 정체를 알아보기 힘든 자가 현마라는 소리에 모두가 다시 한 번 놀랐지만 이어지는 헌원기의 말에 모두가 귀를 기울였다.

"놈을 천마옥에 가두고 추잔양에게 가해졌던 모든 형벌을 취한다! 평생을 햇빛을 볼 수 없을 것이며 살아서 천마옥을 나올 일은 결단코 없어야 한다."

명이 떨어지는 순간 월영천대의 무인들이 달려가 그자를 끌고 바깥으로 걸어 나갔다. 헌원기의 명대로 그는 평생을 천마옥 바깥을 볼 수 없을 것이며 또 모진 고문에 견뎌 내야 할 것이다.

갑작스럽게 벌어지는 일련의 사태에 모두가 정신을 제대로 차리지 못하고 있었다.

흑룡의에서 일어난 채로 서 있던 헌원기가 그런 그들을 바라보며 말했다.

"이십 년 전 거짓된 말들을 일삼던 자들을 모두 처단하였으나…… 가장 중요한 나의 처벌이 남았구나."

"교주님!"

놀란 듯이 몇몇 자들이 소리쳤다.

하지만 헌원기는 그런 시선을 무시한 채로 말했다.

"모두에게 고한다. 나는 오늘로부터 정확하게 보름 후, 교주의 자리에서 물러날 것이다. 후대 교주에 대해서는 모두가 납득할 수 있는 자로 잇게 할 생각이다. 하지만 나의 잘못을 반성하는 일이니만큼 결코 내 혈연으로는 잇게 하지 않을 것임을 이 자리에서 공표한다. 이상이다."

말을 마친 헌원기는 그대로 단상에서 내려와 걷기 시작했다.

수많은 무인들이 놀란 듯이 헌원기를 바라봤지만 그는 결코 발을 멈추지 않았다.

노룡식이 황급히 앞길을 막아서며 입을 열었다.

"어찌하여 갑자기 이런 명을 내리시는 겁니까. 어제의 교주님과 달라도 너무나 다르셔서 이해가……."

노룡식은 헌원기의 측근이다. 그랬기에 지금 이 같은 명령들을 하달하는 것도 이해할 수 없었고, 또 뭔가 이상하다 여긴 것이다.

하지만 그때 헌원기의 몸에서 은은하니 기운이 퍼져 나가기 시작했다.

그것은 바로 교주만이 익힐 수 있다는 천마신공.

"감히 누구 앞을 가로막는 것인가, 패천마검!"

천마신공과 함께 펼쳐진 일갈에 노룡식은 절로 뒤로 물러섰다.

무섭게 노룡식을 노려보던 헌원기가 다시금 발걸음을 옮기기 시작했다. 그리고 이내 헌원기가 대전을 빠져나가자 그 안은 이루 말로 형용할 수 없는 소란이 휘몰아 쳤다.

시끄러운 대전과 달리 몇몇의 호위무사만을 거느린 채 홀로 걷기 시작한 헌원기가 도착한 곳은 자신의 거처였다. 그가 방 안으로 들어서서 의자에 걸터앉았을 때였다.

"일은 잘 해결했어?"

헌원기가 시선을 돌렸다. 그곳에는 몽우가 서 있었다. 그리고 헌원기가 고개를 끄덕였다.

헌원기가 입을 열었다.

"남 흉내 내는 게 쉬운 일은 아니네."

변해 버린 목소리, 그 목소리의 주인공은 적월이었다. 지금의 헌원기는 적월이 완벽하게 역용술을 펼쳐 위장했던 것이다.

그렇다면 진짜 헌원기는 어떻게 된 것인가?

몽우가 물었다.

"헌원기는 어떻게 처리했어?"

"방금 천마옥에 넣어 버렸어. 내 수하였던 놈이 당한 그대로의 고통을 느껴 봐야 할 것 같아서."

헌원기로 변장한 적월이 탁자 위에 있는 잔을 손가락으로 어루만졌다.

어젯밤 지주와의 싸움이 끝나고 적월과 몽우는 헌원기를

제압했다. 현마는 그 자리에서 죽였지만 헌원기에게는 그런 편안한 죽음조차 사치였다.

스스로가 저지른 수많은 일에 책임을 져야 할 의무가 있다 생각했기 때문이다.

몽우가 적월의 건너편에 와 앉으며 말했다.

"드디어 복수에 성공했네."

"그러게. 이십 년이나 걸렸군."

이십 년, 참으로 긴 시간이다. 그동안 많은 것이 변해 있었고 적월이 가졌던 복수라는 의미도 많이 변색되었다.

그렇지만 그 오랜 시간 가슴에 품어 두었던 일 하나를 끝마쳤다 생각하니 한결 후련한 기분이다. 그리고 자신이 태어났고 자란 이 마교가 명객이라는 자들의 손에서 해방되었다는 것도 만족스럽다.

편안한 표정으로 앉아 있는 적월을 보며 몽우가 천천히 입을 열었다.

"마교를 명객들 손에서 빼앗고 지주를 죽였으니 아마 혈왕이 화가 많이 났을걸."

"바라던 바 아닌가."

"그렇긴 하지만…… 아마도 혈왕은 네 목숨을 취하는 데 더 전력을 다할 거야. 이제부터는 조금 더 조심해."

혈왕이 화가 날 법도 하다.

삼십 명에 달하는 명객이 죽었고 마교도 빼앗겼다.

그리고 무엇보다도 혈왕의 심복인 지주가 죽었다. 각각의 회주에게 임무를 맡기고 일을 분산시켜 왔던 혈왕의 입장에서는 아마도 적지 않은 타격일 것이다.

적월이 몽우를 가만히 바라봤다.

혈왕에 대해 말하는 그의 목소리에서 잔떨림이 묻어 나온다. 몽우라는 사내조차도 혈왕에 대해 어찌 생각하는지 알 수 있을 정도다.

적월이 입을 열었다.

"그 혈왕이라는 자를 만나 본 적이 없다 하지 않았나? 그럼에도 불구하고 그토록 두려운 자야?"

"사실…… 먼발치에서 본 적 있어."

처음 만났을 때 혈왕과는 만나 본 적 없다 했던 몽우였다. 하지만 마치 고백이라도 하는 듯 몽우가 조심스럽게 말을 꺼냈다.

적월이 몽우를 향해 물었다.

"거짓말을 했던 거냐?"

"말하고 싶지 않았을 뿐이야. 그때 느꼈던 두려움을 너에게 말하고 싶지 않았으니까."

"놈이 그렇게 강해?"

"강하냐고?"

몽우가 헛웃음을 흘렸다. 그러고는 고개를 저으며 말했다.

"그저 강하다는 말로 통용이 될 상대가 아니지. 그는 공포, 그 자체야. 멀리서 보게 되었음에도 불구하고 전신이 굳어 버렸거든."

웃으며 말하고 있지만 몽우의 말이 결코 가볍게 들리지 않았다. 비록 힘이 빠진 상대라고는 하지만 지주를 단번에 죽인 몽우다. 그런 그가 두려워서 움직이지 못할 정도의 상대라면…….

적월이 물었다.

"지금의 나는 그의 상대가 안 된다 생각해?"

"미안하지만…… 그래. 너와 내가 협공을 해도 승산이 없어."

몽우가 솔직히 답했다.

하지만 그랬기에 의문이었다.

"대체 왜 네가 나와 함께 싸워 주는지 모르겠군. 그토록 강한 상대를 두고 말이야."

"항상 말했잖아. 재미있어 보여서 그렇다고."

몽우가 여전히 웃음으로 말을 돌렸다.

적월은 묵묵히 앉아 계속해서 찻잔만 어루만졌다.

혈왕이라는 존재가 그토록 강하다면 과연 이렇게 지내서 괜찮을 걸까? 적월은 결국 혈왕과 싸워야 할 것이고, 그렇다면 그 강함과 정면으로 마주해야만 할 게 분명하다.

 물론 적월에게는 천왕문이 있기는 하지만…….

 '더 강해져야 돼.'

 방법을 찾아야 한다.

 마교에서의 일들이 바삐 정리되기 시작했다.

 적월은 마교에서 머무는 남은 시간 동안 여러 가지 일들을 해 뒀다. 헌원기가 바꾸어 놓았던 것들을 원래의 자리로 돌려놓았고, 용무련을 따르다 외지로 쫓겨났던 무인들이 하나둘씩 속속들이 마교 내부로 복귀했다.

 마교에서 머무는 남은 열흘이라는 시간은 무척이나 바쁘고 빠르게 지나갔다.

 이미 다음 대 교주까지 정한 지금 적월이 마지막으로 한 일은 바로 추잔양과 혈전대 대원들의 영패가 생긴 사당이었다.

 마교 한구석에 생긴 조그마한 사당으로 가기 위해 적월이 홀로 간소한 차림을 하고 걷고 있었다. 열흘 동안 헌원기의 모습으로 살았던 적월이지만 지금만큼은 본래의 모습으로 돌아간 상태였다.

 멀지 않은 곳에 위치했기에 적월은 금세 사당에 도착할 수 있었다.

 사당은 지어진 지 얼마 되지 않은 탓에 새 집 냄새가 났다.

사당 안으로 들어선 적월은 영패의 앞에 섰다. 그러고는 옆에 놓여 있는 향 하나에 불을 붙이고는 그 앞에 꽂았다.

향이 조그마한 불씨를 머금고 조금씩 타들어 갔다.

그리고 그런 향에서 피어오르는 연기를 물끄러미 바라보던 적월이 이내 영패들을 향해 입을 열었다.

"이제야 끝이 났구나."

오랜 악연도, 인연도 이제 여기서 끝이다.

적월이 영패의 이름을 하나씩 바라봤다. 기억이 나는 자도, 나지 않는 자들도 있다. 하지만 별로 상관은 없다. 자신을 죽였던 자들에게 이 정도로 챙겨 주는 사람이 세상에 다시 있겠는가.

굳이 가기 전 이곳에 들른 이유는 그저 하나뿐이다.

마지막이기 때문이다.

아마도 이들의 이름을 보는 것도, 이들을 기억하는 것도 오늘이 마지막일 게다.

마교에 올 특별한 이유가 생기지 않는 이상 적월은 이곳에 다시 오지 않을 것이다.

오늘 적월은 무림맹으로 돌아간다.

마교 입장에서는 헌원기가 갑자기 사라졌다고 소란스럽기는 하겠지만 그것도 한때다. 아마 몇 달이 지나면 마교는 그런 일이 있기나 했었냐는 듯이 평화를 되찾을 것이다.

혈전대의 영패 앞에 서 있었지만, 적월이 기억하고 추모하는 이들은 그들뿐만이 아니었다. 전생의 모든 추억들과 기억들을 이곳에서 다시 한 번 생각하고 또 가슴에 묻고 있다.

 힘겹게 생명을 이어 가던 향의 불꽃이 사그라졌다. 적월이 입을 열었다.

 "꺼진 것 같군."

 꺼져 버린 불꽃처럼 과거를 추억하는 것도 끝이다.

 적월이 몸을 돌렸다.

 "그곳에서는 편안하게들 지내라."

* * *

 혈왕은 언제나처럼 깊은 잠에 빠져 있었다.

 하루 온종일을 잔다 해도 과언이 아닌 그가 갑자기 눈을 부릅떴다. 마침 안쪽으로 조심스럽게 들어오던 천주가 화들짝 놀라 무릎을 꿇었다.

 "죄송합니다. 숙면에 방해가 될 줄은……."

 "네 번째, 네 번째 손가락이 아프군. 그것도 끊어질 만큼 말이야."

 "예? 갑자기 그게 무슨 말씀이신지요."

 혈왕의 얼굴 표정이 고통으로 점점 일그러졌다.

그가 고통스럽다는 듯이 손을 들어 올렸다. 조금씩 치밀기 시작한 통증이 급기야 난자하는 듯한 통증으로 변해 버린다.

"크으으!"

혈왕의 안색이 붉게 변하며 그의 몸 주변에서 파동이 일기 시작했다. 대지가 흔들렸다.

두두두두!

혈왕의 힘에 반응하려는 듯이 화마극지의 뜨거운 기운들 또한 미쳐 날뛰기 시작했다. 그런 혈왕과 마주하고 있는 천주로서는 당황할 수밖에 없었다.

혈왕의 얼굴에 힘줄이 피어올랐다.

타악!

천주의 몸이 무형의 기운에 이끌려 혈왕이 있는 곳으로 끌려 들어갔다.

"커억!"

혈왕과 얼굴을 마주하는 위치에서 천주의 몸이 허공에 대롱대롱 매달려 있었다.

숨이 막힌다.

바로 그 순간 혈왕이 힘을 거두었다. 그리고 공중에 떠 있던 천주가 바닥으로 나동그라졌다. 혈왕이 힘겹게 입을 열었다.

"천주."

"하, 하명하시지요."

당장에라도 숨이 넘어갈 것 같았지만 천주는 힘겹게 대답했다. 혈왕이 천천히 숨을 고르다가 이내 입을 열었다.

"지주가 죽은 것 같군."

"……!"

천주가 놀란 얼굴로 혈왕을 바라봤다.

지주가 죽었다는 사실도 놀랍고, 보지도 않고 그러한 사실을 아는 혈왕이라는 존재도 놀랍다.

천주가 놀란 감정을 애써 감추며 중얼거렸다.

"설마……."

"지옥왕, 그놈이다."

혈왕이 확신 어린 목소리로 말했다.

지주에게 최근 임무를 내렸었다. 그것은 바로 지옥왕이라는 존재를 죽이라는 것이다. 그 임무를 수행하러 떠났다가 지주가 죽었다.

하지만 쉬이 믿기 어려웠다. 지주와 그가 이끄는 수하들이라면 지옥왕이라는 존재를 죽이는 데 전혀 문제가 없을 거라 생각했다.

하나 결과는 틀렸다.

혈왕 자신이 상대를 너무 얕봤던 모양이다.

혈왕은 아직까지도 감각이 마비된 듯한 네 번째 손가락을 바라봤다. 지주뿐만이 아니다. 나머지 회주들의 생명 또한 혈왕의 손가락과 연결되어 있다.

그들이 죽게 되면 혈왕은 그 고통을 느낄 수 있다.

그랬기에 보지 않고도 지주의 죽음을 알 수 있었던 것이다.

"감히 나에게 이런 불쾌한 감정을 느끼게 하다니."

화가 치밀었다.

지옥왕이라는 존재도 그렇고, 그런 자에게 죽어 버린 지주에게도 화가 난다.

혈왕이 천주를 내려다보며 말했다.

"시간이 없다. 인주를 불러라."

"명 받들겠습니다."

천주는 이곳의 답답한 기운을 참지 못하고 서둘러 바깥으로 뛰어나갔다.

인주가 나타난 것은 혈왕의 명이 떨어진 지 열흘이 훌쩍 넘은 뒤였다.

죽립을 푹 눌러쓴 그녀가 화마극지 안으로 발걸음을 하고 있었다. 죽립으로 감추고는 있지만 그녀의 고운 입술이 스리슬쩍 떨린다.

입술을 잘근잘근 씹으며 걸어오는 인주의 발걸음은 고민과 두려움이 가득해 보였다.

화마극지 안으로 계속해서 걸어 들어오던 인주의 시선에 미리 나와서 기다리고 있는 혈왕과 천주의 모습이 들어왔다. 천주는 그렇다 쳐도 언제나 뒤늦게 나타나던 혈왕이 먼저 이렇게 기다리고 있는 모습은 생전 처음이다.

그만큼 지금 일이 중대하다는 걸 뜻하는 것이다.

인주가 화들짝 놀라 그 앞으로 몸을 날려 부복했다.

"인주, 혈왕 님을 뵈어요."

"됐다. 그보다 지주가 향한 곳이 마교라고 알고 있는데 그곳의 일은 어찌 되었느냐."

"그게…… 마교에 있던 명객들 대부분이 죽어 버렸어요."

"그들까지?"

혈왕의 표정이 구겨졌다.

지주와 지객들, 그리고 수십 명에 달하는 마교의 명객들까지 모두 죽었다는 소리다. 대체 염라대왕이 보낸 놈이 어떠한 자이기에 그 많은 명객을 단신으로 상대한단 말인가.

적어도 요괴가 아닌 인간인 것은 분명하다. 하지만 어떻게 보통 인간이 자신들을 상대하고 있단 말인가.

천왕문을 열었다면 모르겠지만 그런 기척도 느껴지지 않았다. 그렇다면 순수하게 힘만으로 그 많은 명객을 상대했다는 것인데…….

혈왕이 나지막한 목소리로 말했다.

"아무래도 내가 놈을 너무 쉽게 보았군."

이가 갈린다.

하지만 그런 분노는 곧 이어지는 인주의 말에서 느끼게 될 것에 비하면 아무것도 아니었다.

"저, 그보다 드릴 말씀이 있어요."

"무슨 일이냐."

조심스럽게 인주가 말을 꺼냈고, 그에 대수롭지 않게 혈왕이 답했다.

인주가 잠시 머뭇거리다가 말을 꺼냈다.

"지혈석을 찾은 것 같아요."

"……!"

분노하고 있던 혈왕의 얼굴에 화색이 돌았다. 그 얼마나 기다리던 일인가. 이것에 비하면 지주의 죽음은 먼지만큼의 값어치도 없다. 하지만 이내 무엇인가 이상한 점을 느낀 혈왕이 물었다.

"찾은 것 같다니? 찾았으면 찾은 거고 아니면 아닌 거지 그게 무슨 말이냐."

"그게…… 잃어버렸어요."

"뭐?"

그 말을 듣는 순간의 혈왕의 표정은 이루 말로 형용할 수 없는 악귀의 것으로 변해 있었다. 전신에서는 믿을 수 없는 기운이 흘러넘쳤고 그 기운을 마주하는 것만으로도 인주는 숨이 넘어갈 것만 같았다.

무서워서 고개도 들지 못했다.

말하고 싶지 않았지만 추후에 알게 된다면 죽음을 면치 못할 것을 잘 알기에 용기를 내서 진실을 고했다. 하지만 그것이 실수가 아니었을까 하는 생각이 들 정도로 지금 인주는 공포에 젖어 있었다.

당장이라도 인주를 찢어 죽일 듯이 바라보던 혈왕이었지만 그는 애써 평정심을 되찾았다.

힘겹게 화를 억누르며 혈왕이 말했다.

"자세히 말해 봐."

"그것이 저도 최근에 알게 된 일이에요. 흑백쌍노가 지혈석을 손에 넣은 모양인데…… 저에게 지혈석에 대해서는 아무런 보고도 하지 않고 직접 움직였었더군요."

"흑백쌍노가? 그런데?"

흑백쌍노라면 혈왕 또한 알고 있다.

인주가 말을 이어 나갔다.

"그 요망한 것들이 마교로 들어간 것까지는 확인됐는데 그 이후에 행방이 묘연해요."

"갑자기 사라졌다는 소리냐?"

"예. 마교에서 나가는 걸 본 사람이 아무도 없다는데 갑자기 사라졌어요."

 인주의 말을 들은 혈왕이 침묵했다. 그들이 지혈석을 가지고 무엇을 할 수 있을 리가 없다. 인주에게 보고를 하지 않고 움직인 것은 분명 그들의 욕심 때문이리라. 하지만 그렇다면 지혈석은 혈왕에게 전해졌어야 옳다.

 솔직히 말해 인주가 건네든 흑백쌍노가 건네든 혈왕에게는 아무런 상관이 없다. 다만 문제는 자신에게 전해졌어야 할 그 지혈석이 사라졌다는 거다.

 철커덩.

 쇠사슬 소리가 유난히도 귀에 거슬린다.

 지혈석의 이야기를 들었기 때문이리라.

 지혈석은 명부와 관련되어 있는 그 모든 것을 벨 수 있는 힘을 지닌 물건이다. 그리고 그걸 혈왕이 원하는 이유는 바로 자신을 옭아매고 있는 이 쇠사슬과 보석을 부숴 버리기 위함이다.

 그 지혈석만 손에 들어왔다면 혈왕은 힘을 되찾을 수 있었다. 그런데…… 그 지혈석이 사라졌단다.

 혈왕이 부들부들 떨기 시작했다. 그런 혈왕의 변화를 느껴서인지 인주는 황급히 말을 이어 나갔다.

 "서둘러 조사해 보았는데 흑백쌍노가 만난 사람은 딱 한 사람뿐이에요. 마교 교주 헌원기. 그리고 그도 사라졌어요."

"그놈도 사라졌다고?"

"예. 그것도 마교 교주 자리에서 물러나고 자신이 했던 모든 일들을 되돌리고 사라졌다고 하는데…… 뭔가 수상해요. 절대 그럴 자가 아니거든요."

"그래서 네 생각은?"

혈왕이 인주에게 물었다.

당장에라도 죽이고 싶을 정도로 화가 나지만 지금은 안 된다. 움직일 수 없는 혈왕에게 회주들은 손과 발이다.

인주가 조심스럽게 말했다.

"흑백쌍노가 과연 사라진 걸까요? 제 생각이긴 한데…… 마교 내부에서 죽은 게 아닐까 싶어요."

"계속해 봐."

인주는 자신의 말을 혈왕이 들어 주는 듯하자 용기를 얻고 더욱 말을 이어 나갔다.

"헌원기는 강자이긴 하지만 결코 흑백쌍노의 적은 아니죠. 그렇다면 마교에서 흑백쌍노를 죽일 만한 자는 딱 한 명밖에 없어요."

"……지옥왕?"

"예, 바로 그자죠."

인주의 말에 혈왕 또한 곰곰이 생각에 잠겼다.

확실히 일리가 있는 말이다.

하지만 대체 어떻게 그 지옥왕이라는 자가 지혈석의 존재를 알고 그것을 가로챘단 말인가.

만약 그가 자신이 지혈석을 찾는다는 것을 알고 가로챈 것이라면 큰 문제다. 그건 곧 염라대왕 또한 이 사실을 안다는 말이니까.

골치가 아팠다.

그러나 지금은 고민만 하고 있을 때가 아니다.

염라대왕이 더 뭔가를 준비하기 전에 이쪽에서 먼저 칼을 뽑아야 한다.

혈왕이 차분해진 목소리로 말했다.

"인주, 마지막으로 기회를 주지."

"감사합니다. 이번엔 결코 실망시켜 드리지 않을게요."

고개를 조아리며 감사를 표하는 그녀를 향해 혈왕이 명을 내렸다.

"자리 한번 만들어 봐."

"자리요?"

"그래. 놈을 반드시 죽일 수 있는, 바로 그런 자리 말이야."

염라대왕보다 먼저 움직여야 한다.

第五章
늑대 사냥꾼

반드시 지키시오

청해성에 있는 한 산 중턱.

그곳에서 세 명의 사람과 요마 하나가 자리하고 있었다. 그들은 다름 아닌 적월 일행이었고, 개중에 선두에 서 있던 몽우가 어색한 웃음을 흘렸다.

"하하, 이 길이 아닌가?"

"예전에 와 본 적이 있다면서."

적월이 표정을 와락 구겼다.

벌써 두 시진 가까이 근방을 헤매고 있는 통에 해까지 져 버렸다. 너무나 추운 겨울이었기에 무리해서라도 산을 넘으려 했거늘 길을 잘못 드는 바람에 꼼짝없이 야영을 하게 생긴 것이다.
 몽우가 뒷머리를 긁적거리며 적월의 말에 대꾸했다.
 "하도 오래전이라 기억이 가물가물한가 봐."
 "멍청아, 그러면 미리 말을 하라고."
 짜증스럽다는 듯이 말하기는 했지만 이미 벌어진 일이다. 가능하면 산에서의 야영은 피하고 싶었지만 이왕 이리된 거 준비를 하는 수밖에 없다.
 설화 또한 그런 적월의 생각을 눈치챘는지 주변을 두리번거렸다. 어디 자리를 펼 만한 곳을 찾기 위해서였다.
 그리고는 이내 괜찮은 곳을 발견했는지 손가락으로 가리키며 말했다.
 "저쪽이 그나마 나아 보이는군요."
 "제가 살펴볼게요. 여기서 기다리세요. 설화 님."
 설화가 먼저 장소를 확인하려 드는 순간 발밑에서 숨을 고르고 있던 요마 풍천이 먼저 그곳을 향해 달려 나갔다.
 장소를 확인하고 다시금 달려온 풍천이 거친 숨을 몰아쉬며 말했다.
 "헥헥! 괜찮은 것 같아요. 설화 님."
 "어이, 그런 건 나한테 보고를 해야지. 네 두목이 설화냐?"
 적월이 어처구니없다는 듯한 표정으로 말하자 그제야 풍천이 화들짝 놀라 입을 열었다.

"아, 두목. 저쪽이……."

"이미 늦었어, 자식아."

적월의 핀잔에 풍천은 머쓱한 표정을 지어 보였다.

풍천이 설화를 잘 따른다는 사실을 잘 알고 있는 적월이고 그러한 것이 문제 될 것도 없다. 그보다 적월은 지금 이곳에서 야영을 해야 한다는 사실이 더 짜증이 났다.

터벅터벅 걸어 풍천이 보고 온 장소에 도착한 적월은 우선 짐을 풀었다. 그리고 나머지 인원들도 익숙하니 자리를 준비하기 시작했다.

온통 눈이 내린 통에 마른 장작 구하는 것이 쉽지 않았다. 적월과 설화가 주변을 돌며 힘겹게 구해 온 것이 두어 시진 버틸까 말까 할 수준이다.

그리고 짐 속에서 나온 음식들 또한 마찬가지였다.

입에 풀칠이나 할 정도로 적은 양의 음식을 보며 몽우가 말했다.

"에이, 이걸 누구 코에 붙여."

"네가 그런 말 할 처지냐?"

"그러게요."

적월이 쏘아붙였고 설화 또한 곧바로 동조의 기색을 내비쳤다.

두 사람의 시선에 몽우가 다시금 어색하니 웃었다.

"하하하!"

"웃지 말고 사냥이라도 좀 해 와."

"찾기 힘들 것 같은데……."

귀찮았는지 대충 둘러대려던 몽우는 두 사람의 날카로운 시선에 화들짝 놀라는 시늉을 하며 자리에서 일어났다.

"좋아. 가서 내가 곰이라도 잡아 오지."

"허풍은."

곰 흉내를 내며 뛰어가는 몽우를 보며 적월이 피식 웃었다.

몽우가 사라지자 남은 사람들은 모닥불을 지피기 시작했다. 곧 불이 피어올랐고 적월과 설화, 풍천은 그 앞에 앉아 언 몸을 녹였다.

타닥타닥.

주변은 이내 나무가 타들어 가는 소리만이 가득한 적막에 휩싸였다. 그리고 설화는 무릎에 양팔을 괸 채로 불길을 말없이 바라보고 있었다.

무엇인가 생각하는 표정의 그녀를 적월은 무표정한 얼굴로 바라봤다.

마교에 들어간 이후부터 부쩍 뭔가 고민이 많아 보이는 설화다. 뭔가를 자꾸 골똘히 생각하고 있었고, 또 가뜩이나 없던 말수도 줄어든 것 같다.

적월의 생각이 맞다면 아마도 그때 이후일 게다.

바로 적월 자신의 정체를 밝혔던 그날 말이다.

요괴를 다루는 것도 알고 있던 설화였기에 환생이나 지옥에 관련된 것에 충격을 받았을 거라고는 생각하지 않는다. 하지만 그렇다면 무엇이 지금 설화를 이토록 고민하게 만들고 있는 것일까.

적월이 시선을 돌려 타오르는 불을 바라보며 입을 열었다.

"요새 뭘 그리 생각해?"

"……제 존재에 대해서요."

"무슨 소리야 그게."

밑도 끝도 없는 말에 적월이 의아하다는 표정으로 되물었다. 그러자 설화가 시선을 돌려 적월과 눈을 맞추고는 입을 열었다.

"그냥, 제가 당신에게 아무런 도움이 안 되잖아요. 처음 만났을 때부터 무작정 '당신의 옆에 있겠다.' 하고, 또 도움이 될 거라고 호언장담했는데…… 당신이 강하고 특별하다는 건 알고 있었어요. 하지만 그래도 인간의 범주에서만 생각했지 그 이상은 생각해 본 적이 없어요. 명객이라는 존재를 알게 되고 당신에 대해 더 알게 되니 두려워졌어요."

긴 말을 내뱉은 설화가 잠시 숨을 골랐다. 그러고는 다시금 천천히 말을 이어 나갔다.

"나는 약해요. 복수를 위해서나 당신을 위해서나 그 무엇도 할 수 없어요. 그래서…… 힘들어요. 나의 나약함에 화가 나고, 알고서도 변할 수 없는 현실에도 화가 나요."

설화가 마음에 담아 두었던 말을 내뱉음에도 적월은 그 어떠한 대꾸도 하지 못했다. 설화의 마음이 절절히 느껴지고 있다. 무인이고 복수를 위해 평생을 바쳐 온 그녀다. 하지만 지금 설화가 할 수 있는 일은 아무것도 없다.

명객 하나 감당하기 힘든 것이 지금의 설화다.

하지만 그건 어쩔 수 없다.

설화는 보통 인간이니까.

그러나 설화는 그게 싫은 것이다. 더욱 강해져서 적월의 짐이 아닌 동료가 되고 싶었고, 어떤 일이 벌어진다 해도 담담할 수 있는 강자도 되고 싶었다.

알고 있다.

보통 인간인 이상 그렇게 강해질 수 없다는 것 정도는. 다만 설화가 마주한 진실이 너무나 컸기에 지금의 자신이 한스러운 것뿐이다.

적월이 무슨 말을 하려다가 이내 입을 닫았다.

기척을 느낀 탓이다.

뒤편에서 느껴지는 발자국 소리에 적월이 시선을 돌렸다. 그곳에서 몽우가 모습을 드러냈다.

그는 얼굴에 싱글벙글 미소를 머금고 있었다.

"이봐! 내가 뭘 찾았는지 알아?"

말을 마친 몽우가 옆으로 슬쩍 비켜섰다. 그러자 그곳에는 사냥꾼 복장을 한 젊은 사내 하나가 있었다. 나이는 스물대여섯 정도 되어 보였고 등에 활을 지고 있다.

사냥꾼으로 보이는데 거칠다는 느낌보다는 오히려 푸근한 느낌을 풍기는 사내였다. 동물 가죽으로 만든 옷을 걸쳐 입고 있는 사내가 가볍게 인사를 건넸다.

적월은 갑작스러운 외인의 등장에 몽우를 힐끔 바라봤다. 이게 무슨 일이냐는 듯이 말이다.

그러자 몽우가 자랑스레 말했다.

"집이 멀지 않다고 하루 정도 우리를 묵게 해 주신데."

"그래?"

시큰둥했던 적월 또한 슬쩍 반가운 기색을 내비쳤다. 이런 한겨울에 바깥에서 대충 자리 잡고 자는 것은 적월에게도 큰 고역이었다.

사냥꾼 사내가 웃으며 인사를 건넸다.

"안녕하세요, 이현이라 합니다."

적월과 그의 일행들은 야영을 하던 곳에서 이각 정도 거리에 있는 영명촌에 도착했다.

영명촌은 채 이십여 가구도 되지 않을 정도의 작은 마을이다. 산 중턱에 있는 마을로 봄에서 가을까지는 밭을 갈고 겨울에는 사냥으로 근근이 삶을 이어 나가는 이들이 산다.

마을에 들어서자 오랜만의 외인의 등장이 신기한지 적월 일행에게 적지 않은 시선이 쏠렸다.

이현은 아랑곳하지 않고 그들을 이끌고 마을 한편에 있는 자신의 집으로 향했다.

걸어오는 내내 이야기를 해 봤지만 이현이라는 이 사내는 무척이나 밝은 인물이었다. 몇 년 전 혼인을 하여 부인과 슬하에는 어린 딸 하나도 있다.

가족 사랑이 얼마나 지극한지 오는 내내 부인과 딸 이야기로 함박웃음을 터트리는 그런 자였다. 그런 이현이었기에 오히려 적월과 설화는 할 말이 없었고, 몽우만이 그런 그에게 맞장구쳐 주며 화기애애한 분위기 속에 이곳까지 오게 된 것이다.

산중턱에 있는 마을답게 그리 크지 않은 이현의 거처.

이현이 등에 짊어지고 있던 산짐승 하나와 활을 내려놓으며 목청껏 소리쳤다.

"아빠 왔다!"

고함을 치기가 무섭게 문이 열리며 안에서는 다섯 살 정도 되어 보이는 소녀 하나가 뛰어나와 그의 품에 안겼다. 그리고 그런 딸을 이현은 행복하게 바라보고 있었다.

열린 문으로 또 한 명, 이현의 안사람이 모습을 드러냈다.

"잘 다녀오셨어요? 그런데 이분들은……."

"아, 산에서 뵌 분들이야. 길을 잘못 드시는 바람에 어쩔 줄 몰라 하셔서 하루 좀 머물게 해 드리려고."

딸을 번쩍 안아들었던 이현이 아내를 바라보며 대충 상황을 설명했다. 그러자 아내가 고개를 끄덕이며 인사를 건넸다.

"안사람인 정아경이에요. 얘야, 인사드려야지."

손을 잡아끌자 조그만 소녀가 입을 열고 최대한 또렷하나 한 글자씩 내뱉었다.

"이상아라고 합니다."

"……그래. 아저씨는 몽우라고 한단다."

몽우가 아이를 바라보며 천천히 입을 열었다.

미소를 짓고 있지만 평소와는 뭔가 다른 듯한 그 웃음에 적월이 흘끔 바라보긴 했지만 그뿐이었다.

대충 소개가 끝나자 정아경이 다행이라는 듯이 말했다.

"요새 산에 늑대가 많아서 야영은 위험하셨을 텐데 제 남편을 만나셔서 다행이시네요. 지금은 절대 늦은 밤에 산을 다니시면 안 되거든요. 아, 늦긴 했지만 혹시 식사들 하셨어요?"

"죄송하게도 아직 못 했네요."

몽우가 말하자 정아경이 고개를 끄덕이며 말했다.

늑대 사냥꾼 151.

"그럼 우선 방에 가서들 계세요. 별건 없지만 대충이라도 차려 드릴 테니."

"괜히 번거롭게 해 드리는 것 같아 죄송합니다."

"아니에요. 이 정도로 뭘요."

설화의 말에 손사래 친 정아경이 밝게 웃으며 주방으로 걸어 들어갔다. 그녀가 주방으로 들어가자 이현이 일행들을 방으로 안내했다.

방 두 개가 고작인 집, 그리고 이들을 안내해 준 곳 또한 그리 큰 방도 아니었다. 하지만 야영을 하려 했던 것을 생각하면 이 정도만 해도 감지덕지다.

방 안으로 이들을 안내해 준 이현이 머쓱하게 말했다.

"원래 딸아이가 쓰는 방이라 세 분이 주무시기에는 방이 좀 좁습니다. 사는 게 이래서……"

"아닙니다. 이 정도만 해도 감사하지요."

생면부지인 자신들을 위해 아무렇지 않게 방 하나를 내주는 사람이다. 무척이나 인심이 좋은 사내인 게 분명하다. 그리고 갑작스레 손님을 데리고 왔음에도 불구하고 표정 하나 구기지 않은 부인 또한 이현과 무척이나 잘 어울려 보인다.

적월과 몽우, 설화가 짐을 풀고 얼마 되지 않아 정아경이 상 하나를 들고 방 안으로 걸어 들어왔다. 그리고 그런 어머니의 뒤를 쫓아 이상아 또한 빼꼼 고개를 들이밀었다.

상을 내려놓은 정아경이 말했다.

"준비된 게 없어서 이것밖에 드릴 게 없네요."

"아닙니다. 이거면 충분하죠."

상 위에는 산나물 조금이 전부였지만 몽우가 괘념치 말라는 듯이 말하고는 식사를 시작했다.

세 사람이 식사를 시작하자 방에 잠깐 자리하고 있던 이현이 자리에서 일어났다.

"식사들 하시지요. 저는 나가서 잡아 온 놈 손질 좀 해 봐야겠습니다."

말을 마친 이현이 바깥으로 걸어 나가 마당에서 동물의 손질을 하기 시작했다.

식사를 하던 적월이 힐끔 고개를 들어 올렸다.

몽우가 입가에 미소를 머금은 채로 바깥을 바라보고 있다. 적월이 왜 그러냐는 듯이 그를 툭 치며 물었다.

"뭐 하는 거야?"

"그냥."

적월이 슬쩍 몸을 옆으로 돌려 바깥을 살폈다.

그곳에는 이현의 가족들이 있었다. 그들은 한자리에 앉아 오늘 있었던 일에 대해 수다를 떨고 있었다.

그리고 이현은 그런 부인과 딸의 이야기를 들으며 함박웃음을 터트렸다.

어두운 밤하늘 아래에서 세 사람은 무척이나 행복해 보인다.

몽우가 그런 그들을 바라보다 천천히 입을 열었다.

"행복해 보이지?"

"평소답지 않게 왜 그러냐?"

몽우를 보며 적월이 묻자 이내 그가 고개를 돌렸다. 그리고는 슬쩍 문을 닫으며 밥을 한 수저 크게 떴다. 그것을 입가에 밀어 넣으며 몽우가 말했다.

"별거 아냐. 아주 오래전 생각이 조금 나서."

* * *

산에서 맞는 밤은 다른 곳의 밤보다 더욱 쌀쌀하다.

하지만 그런 추운 날씨에도 마당에 있는 평상에 적월과 설화, 몽우가 자리하고 있었다. 그리고 그런 그들과 함께 사냥꾼 이현은 가볍게 술을 기울였다.

식사를 마치고 얼마 되지 않아 이현은 괜찮으면 술 한잔하는 게 어떠냐고 청했고, 이에 일행은 흔쾌히 응했다.

산속에 있는 조그마한 마을에 사는 이현으로서는 세상을 돌아다니는 그들의 이야기가 무척이나 궁금했던 모양이다.

"세 분 다 무인이라는 말씀이십니까? 이런, 말로만 듣던 무인이라는 분들을 이렇게 직접 뵙는군요."

생전 처음 무인을 만나 본 이현은 세 사람을 신기하다는 눈으로 바라봤다. 무기를 지니고 있는 걸 보았음에도 무인이라고는 생각해 보지 않은 탓에 무척이나 놀란 모양이다.

이현이 웃으면서 물어 왔다.

"그 무인은 하늘을 날고 집채만 한 바위도 아무렇지 않게 쪼갠다는데 그게 사실입니까?"

"그런 사람도 있긴 있죠. 다 그런 건 아닙니다."

몽우가 술잔을 홀짝이며 답했다.

이현은 세 사람을 바라보며 미소를 내비쳤다.

"히야, 부럽습니다. 무인의 삶이라는 걸 동경해 본 적이 있거든요. 뭐, 다 어릴 때의 이야기죠. 지금은 제 인생에 충분히 만족하고 있습니다."

"사냥꾼이신가 봅니다?"

적월이 활을 힐끔 쳐다보며 묻자 이현은 고개를 끄덕이며 대답했다.

"예, 산짐승들을 잡아서 내다 파는 일을 하고 있습니다. 늑대를 하도 잡아 대는 통에 사람들은 늑대 사냥꾼이라고 부르더군요. 하하."

자랑스레 말하는 이현을 보며 몽우가 물었다.

"아까 부인분께서도 늑대 이야기를 하시던데 이 부근에 늑대가 많이 사는 모양이군요."

"예, 많지요. 더군다나 지금이 한겨울 아닙니까. 먹이를 못 찾은 놈들이 한참 흉포한 시기인지라 산행도 무척이나 조심하셔야 합니다. 늑대가 무서운 게 뭔지 아십니까?"

"글쎄요? 짐승이니 아무래도 이빨이나 발톱이 위험하겠지요."

"물론 그것도 그렇습니다만, 가장 위험한 건 놈들은 무리를 짓는다는 거지요. 제가 사냥하는 늑대들은 그런 무리에서 떨어져 나온 놈들입니다."

몽우와 이현은 계속해서 늑대에 대한 이야기들을 나눴다. 그리고 그 사이에 낀 적월과 설화는 그저 말없이 술도 마시고 주변의 경치도 즐기고 있었다.

그렇게 평화롭게 시간이 흘러갔다.

하지만 그 평화의 시간은 시끄러운 발자국 소리와 함께 깨졌다.

멀리를 바라보고 있던 적월의 눈에 황급히 이쪽으로 달려오는 촌부의 모습이 보였다. 그가 집 근처에 이르면서 크게 소리를 치고 있었다.

"동생! 동생! 큰일 났네!"

몽우와 즐겁게 대화를 나누던 이현은 낯익은 목소리에 평상에서 일어났다. 그리고는 달려오는 사내를 발견하고는 평상에서 내려섰다. 그가 집 안으로 들어서는 사내에게 다가가며 입을 열었다.

"형님, 무슨 일이십니까?"

"큰일이 났어. 지금 마을 아이들이 산에 올라갔다는구먼."

"예? 지금 말입니까?"

이현의 안색이 딱딱하게 굳었다.

이 늦은 밤 산행은 무척이나 위험하다. 더군다나 어린아이들이라면······.

바로 그때 주방에 있던 정아경이 황급히 달려 나왔다.

"설마 우리 상아도 같이 갔다는 건가요?"

"아, 그렇다니까! 지금 온통 마을이 난리가 났어."

"대체 왜 이런 시간에······."

자신의 딸인 이상아도 산에 올랐다는 말에 이현은 더더욱 표정을 굳혔다.

사내가 말했다.

"요새 아이들 사이에서 이상한 놀이가 유행하는 모양이야. 담력을 시험하는 거라나 뭐라나. 거, 중턱에 있는 묘지까지 다녀오는 거라던데 하여튼 이럴 때가 아닐세. 위험한 일이 있을지도 모르니 자네가 필요하네."

이현은 곧바로 옆에 놔두었던 활과 화살통을 집어 들었다. 다급히 몸에 무기를 걸친 그가 충격으로 주저앉은 정아경의 어깨를 잡고 말했다.

"내가 반드시 우리 딸 찾아올 테니까 걱정하지 말고 기다려."

말을 마친 이현이 집 밖으로 달려 나갔다. 그리고 바로 그 순간 굳은 얼굴로 앉아 있던 몽우 또한 평상에서 벌떡 일어났다.

"우리도 가자."

"상관은 없다만……."

적월이 몽우를 바라봤다.

아까부터 평소와 뭔가 다른 그의 모습이 엿보이는 탓이다. 그런 적월의 시선을 느껴서일까?

몽우가 다시금 말했다.

"아이가 위험하대잖아. 이야기는 나중에 하자."

"뭐, 그러시든지."

말을 마친 적월 또한 자리에서 일어났다. 그리고 설화 또한 술잔을 내려놓으며 몸을 일으키며 말했다.

"몽 소협 말대로 좀 위험한 것 같은데 서둘러 가 보죠."

자리에서 일어난 세 사람은 그대로 이현이 사라졌던 방향으로 움직였다. 그리고 그리 멀지 않은 곳에 마을 사람들과 모여 있는 그를 발견할 수 있었다.

신중한 얼굴로 뭔가 이야기를 나누던 이현은 갑작스레 등장한 세 사람을 발견했다.

몽우가 먼저 다가가며 이현에게 말을 걸었다.

"저희도 돕지요."

"정말 그래 주시겠습니까?"

손 하나가 모자랄 때다.

이렇게 손수 나서서 도와주겠다고 하니 어찌 고맙지 않겠는가. 감사를 표하려는 이현에게 몽우가 손을 들어 제지하며 말했다.

"늑대 때문에 위험하다 하지 않으셨습니까. 이야기는 나중에 하고 어찌하실지 계획부터 말씀해 주시죠. 이쪽 지리는 마을분들이 더 잘 아실 테니."

"예, 우선 묘지로 향하는 길을 훑으며 올라갈 겁니다."

"그럼 서두르죠."

대략 스무 명에 달하는 인원은 그대로 마을을 벗어나 산을 타고 오르기 시작했다.

횃불을 든 마을 사람들은 주변을 살피며 목청껏 소리쳤다.

"얘들아!"

산을 쩌렁쩌렁 울리는 고함이었지만 그 어떠한 반응도 돌아오지 않는다. 그리고 이내 마을 사람들은 목적지였던 무덤에 도착해 버렸다.

털썩.

사라진 아이의 부모인 듯해 보이는 자가 자리에 주저앉았다. 멍하니 풀린 눈으로 그는 쉴 새 없이 눈물을 쏟아 내며 중얼거렸다.

"이 망할 녀석, 지금이 어느 때인데 위험하게 산에 올라, 산에……."

아이들이 보이지 않는다.

안 좋은 생각만 드는 것은 당연한 일이다.

그런 그를 일으켜 세우며 이현이 말했다.

"아직 늑대에게 당한 흔적도 없습니다. 조금 더 여유를 가지고……."

"여기 보십쇼!"

누군가가 버럭 소리를 쳤고 그 고함 소리에 사람들이 그쪽으로 달려갔다. 그곳에는 어린아이의 것으로 보이는 옷가지 하나가 있었다.

"에구머니나! 이걸 어쩌누!"

찢겨 나간 옷을 이현이 황급히 살폈다.

옷을 보는 순간 이현은 깜짝 놀라고 말았다. 이 옷은 아까까지만 해도 자신의 딸이 입고 있던 겉옷이 아니던가.

그 옷이 뭔가에 의해 찢어져 있다.

이것은 늑대의 흔적이다.

그 순간 이현은 정신이 혼미해진 듯이 비틀거렸다. 피까지 묻어 있는 것을 보자 당장이라도 쓰러질 정도의 충격을 받은 것이다.

결국 참지 못한 이현도 바닥에 털썩 주저앉았다.

"상아야……."

"정신 안 차려!"

고개를 떨어뜨린 채로 눈물을 쏟아내는 이현을 고함과 함께 일으켜 세운 것은 마을 사람이 아닌 몽우였다.

항상 웃고 다니고 존댓말을 입에 달고 사는 몽우의 이런 반응에 적월과 설화 모두 깜짝 놀라 그를 바라봤다. 이렇게 화를 내는 몽우를 본 건 단 한 번도 없다.

멱살을 잡고 이현을 일으켜 세운 몽우가 이를 꽉 깨물고 말했다.

"지금 당신이 이래서 어쩌겠다는 거야? 딸 안 구할 거야?"

"이 옷을 못 보셨소! 이건 내 딸아이의 것이오! 그럼 어찌 되었겠소?"

"잘 봐. 이게 늑대에게 당한 흔적이라고? 그런데 이렇게 피가 적게 묻었겠어?"

"……."

"정신 차려. 이렇게 미적거리다가는 일말의 살았을지 모르는 가능성도 사라져. 당신이 아비라면…… 가족은 당신이 지켜."

말을 마친 몽우가 그대로 이현을 바닥에 내팽개쳤다. 분에 겨운 듯이 숨을 식식 몰아쉬던 몽우가 이내 주변의 시선을 느끼고는 다시금 얼굴에 미소를 머금으며 말했다.

"이제 정신이 드시죠?"

"아."

놀란 듯 몽우를 바라보던 이현이 이내 다시금 침착하니 옷을 바라봤다. 그리고 그제야 몽우가 한 말이 무엇인지 이현은 알 수 있었다.

옷에는 분명 늑대 발톱 자국이 있지만 몽우의 말대로 피는 극소량이다. 늑대에게 잡아먹혔다면 겨우 이 정도의 출혈로 멈췄을 리가 없다.

이현은 황급히 바닥을 살폈다.

발자국을 살피기 위함이다.

하지만 그것도 쉽지가 않다. 겨울이라 땅이 꽁꽁 얼어붙은 탓에 발자국조차 쉽사리 찍히지 않는 탓이다.

"이쪽인 것 같긴 한데……."

얼추 방향은 잡았지만 그뿐이다. 늑대가 향한 곳도 아이들이 있는 장소도 정확하게 파악되지 않는다.

바로 그때 몽우가 주변을 둘러보다 말했다.

"어쨌든 이곳까지는 아이들이 왔었다 이거군요."

"옷이 여기 있으니……."

"잠시만, 아주 잠시만 다들 조용히 계셔 주시지요. 숨소리도 최대한 참아 주시고 최대한 움직이지 말아 주셔야 합니다."

갑작스러운 말에 사람들이 왜 그러냐고 물으려 했지만 이미 그때는 몽우가 두 눈을 감은 상태였다. 적월은 손가락을 입가에 가져다 대며 조용하라는 신호를 보냈다.

그리고 그 이후로 적월 또한 움직이지 않았다.

무엇을 하려는 건지 장담할 수는 없지만 이유가 있을 거라 생각했기 때문이다.

모두가 몽우의 말대로 억지로 숨을 참기 시작했다.

몽우는 두 눈을 감고 서 있었다.

귓가로 수만 가지 소리들이 빨려 들어온다. 바람 소리, 풀잎들이 나부끼는 소리, 그리고 땅에 있는 조그마한 돌들이 구르는 소리까지……

가까운 곳부터 해서 천천히 주변으로 몽우의 감각이 퍼져 나간다.

이건 인간의 경지가 아니다.

'아냐. 이건 아냐.'

눈을 감은 채 펼치기 시작한 감각이 점점 그 반경을 넓혀 나간다. 일 장에서 십 장, 그리고 오십여 장. 그 끝을 알 수 없게 범위는 커져만 갔다.

그 안에서 생겨나는 모든 소리가 몽우에게는 들리고 있었다.

그리고 이내…….

번쩍.

몽우가 눈을 떴다.

그리고는 이내 몸을 돌리고는 어딘가를 향해 달려 나가기 시작했다. 마을 사람들 또한 황급히 그 뒤를 쫓았다. 몽우가 향한 곳은 그리 멀지 않은 곳이었다.

몽우의 눈에 동굴 하나가 들어왔다.

그리 깊지는 않지만 입구 쪽이 햇빛을 차단하는 구조로 생성되어 있어 앞을 분간하기 힘들 정도의 어둠이 맴돌았다.

경공을 펼치고 달려왔지만 그리 거리 차가 있지 않았기에 뒤에 따르던 마을 사람들도 금방 뒤쫓아 올 수 있었다.

몽우가 성큼 어두운 동굴 안으로 발을 내밀었다.

"여, 여긴 늑대 굴이오!"

누군가가 겁먹은 듯이 소리쳤지만 몽우는 아랑곳하지 않고 안으로 걸어 들어갔다. 지금은 이곳에서 머뭇거릴 시간이 없다. 동굴 안으로 들어서자 미약한 피 냄새가 사방으로 퍼져 나간다.

몽우의 표정이 변했다.

마을 사람들은 겁먹은 듯이 바깥에서 서성이고 있었지만

몽우의 뒤에는 적월과 설화, 그리고 이현이 뒤따르고 있었다.

이현은 딱딱하게 굳은 얼굴로 활과 화살을 뽑아 들었다.

하지만 알고 있다. 제아무리 빠른 사냥꾼이라 해도 아마 두어 마리에게 화살을 꽂아 넣는 게 전부이리라.

그리고 바로 그 순간 어둠 속에서 하나씩 샛노란 눈동자들이 떠오르기 시작했다.

늑대다.

수십 쌍의 눈동자가 주변을 감돈다.

이현은 다리가 바들바들 떨려 옴을 느꼈다.

야수에게서 풍겨져 나오는 진득한 기운이 겁을 집어먹게 만든 것이다. 그리고 그때 적월이 가볍게 손가락을 퉁겼다.

화악.

주변으로 불꽃이 일며 동굴 안을 밝혔다.

그리고 바로 그 순간 이현의 눈에 바로 옆에서 쥐 죽은 듯이 웅크리고 있는 아이들의 모습이 들어왔다. 서로 입을 틀어막은 채로 오들거리며 떨고 있는 아이들, 그리고 그 주변으로 늑대들이 뼁 둘러싸고 있었다.

하지만 늑대들은 새로운 이방인의 등장에 아이들에게서 시선을 떼고 목표를 다시 잡은 듯이 보였다.

"사, 상아야."

"아빠!"

늑대 사냥꾼 165

이상아는 이현의 등장에 참고 있던 울음을 터트렸다. 겨우 여섯 살밖에 안 된 아이가 지금까지 참고 있었던 것 자체가 대단한 일이었다.

아이들의 숫자는 다섯 명, 다행히도 아직까지 죽은 아이는 없었다. 한 아이가 발을 다쳐 피투성이였지만 그리 심한 부상은 아닌 듯했다.

어떻게 아이들이 이런 동굴에 들어오게 된 것일까?

늑대 울음소리에 놀라 묘지에서 황급히 피했던 동굴이 바로 이곳이다. 그런데 하필이면 그곳이 늑대 굴이었다.

피가 묻은 옷이 묘지에 널브러져 있던 것은 혹여나 피 냄새를 맡고 늑대가 쫓아올까 봐 다친 아이의 발목을 닦아 주고 버렸기 때문이다.

아이들을 찾긴 했지만 가장 큰 문제가 남아 있었다.

바로 이 늑대들이다.

아이들을 발견한 마을 사람들 또한 용기를 내서 안으로 들어오고는 있었지만 늑대의 숫자가 너무 많다.

어림짐작으로만 봐도 서른은 족히 넘어 보인다.

이현은 조심스럽게 활에 걸친 화살을 천천히 잡아당겼다.

'우두머리로 보이는 놈이 어디 있지?'

크르릉!

매서운 늑대들의 울음소리가 집중력을 흩트려뜨렸지만 이

현은 최대한 집중하려 했다. 단번에 우두머리를 꼬꾸라트린 다면 놈들이 겁을 집어먹을 수도 있다.

하지만 과연 그게 가능할까?

그때였다.

몽우가 움직였다. 그 모습에 이현은 깜짝 놀랐다.

갑작스러운 움직임은 맹수의 표적이 될 수 있다.

하지만 그 걱정은 기우에 불과했다. 그 순간 몽우의 몸에서 숨 막힐 듯한 기운이 쏟아져 나오기 시작했다. 엄청난 기운을 뿜어 대며 몽우가 늑대들을 향해 입을 열었다.

"비켜야지?"

몽우가 천천히 아이들이 있는 쪽으로 걸어갔다.

그러자 놀라운 일이 벌어졌다.

으르렁거리던 늑대들의 입이 닫혔고, 그들은 흡사 얌전한 강아지처럼 꼬리를 내리고 사방으로 물러서기 시작했다.

몽우가 가는 길을 피해서 말이다.

무척이나 놀라운 광경이었지만 지금 중요한 것은 그것이 아니었다.

이현은 딸이 있는 곳으로 달려갔다.

이상아 또한 엉엉 울며 달려온 이현의 품에 안겼다.

딸을 안은 이현 또한 그제야 마음이 놓였는지 눈물을 쏟아 내며 말을 하기 시작했다.

"녀석아! 어쩌자고 산에 올라와, 산에."

"아빠. 엉엉."

두 부녀는 그렇게 서로를 꼭 안은 채 하염없이 눈물만 흘렸다.

그리고……

그런 그 둘을 바라보는 몽우는 뜻 모를 슬픈 미소를 머금고 있었다.

第六章
섬서지부

애송이들을 보내다니

  무림맹은 한 개의 본거지와 각 성에 위치한 여러 개의 지부로 이루어져 있다. 그리고 그중 하나인 섬서지부는 섬서성 서안(西安)에 위치하고 있었다.

  섬서성은 예로부터 구파일방의 자리를 차지하고 있는 화산파와 종남파의 지역이다.

  서안의 섬서지부를 맡고 있는 자는 다름 아닌 화산파 무인 목단후(木單厚)라는 자였다. 매화검법의 달인으로 매화산수검(梅花散輸劍)이라는 별호를 지닌 인물이다.

  나이는 사십 대 중반 정도로 섬서지부의 지부장을 맡을 정도로 화산파 내에서도 영향력이 있고, 무림에서도 제법 이름이 알려진 인물이다.

 그런 목단후가 오늘따라 안절부절못하며 지부 내부를 서성이고 있었다. 그가 이토록 고민에 빠진 것은 최근에 벌어진 아주 조그마한 일 때문이었다.

 섬서성 감천(甘泉)이라는 지역에서 시작된 아주 조그마한 다툼이 이 모든 일의 시발점이었다. 사파의 무리로 보이는 자들과 화산파의 매화검수들이 술자리에서 시비가 붙어 버렸다.

 그냥 스쳐 갈 정도의 싸움으로 끝나도 될 일이었지만 술이 화근이었다. 두 패거리는 급기야는 검을 뽑아 들어 싸웠고, 숫자가 많았던 화산파 쪽이 그들 중 일부를 죽이는 일이 벌어졌다.

 정사 간의 싸움은 크게 문제 될 일은 아니다.

 다만 그 죽은 이들 중 하나가 쌍귀(雙鬼)라 불리는 자들의 친척이었다는 것이 문제였다. 홍안사심(紅眼蛇心)과 백발마랑(白髮魔狼), 형제인 그 둘을 합쳐 사람들은 쌍귀라 불렀다.

 그리고 이들은 천하제일의 고수들인 우내이십삼성에 속한 이들이었다.

 싸움에서 죽은 자가 쌍귀의 친척이라는 사실을 알게 된 것은 한 달 전쯤에 날아온 서신 때문이었다.

 그건 다름 아닌 쌍귀에게서 날아온 서신이었다.

서신에는 자신의 친척을 죽인 그들을 내놓으라는 내용이 적혀 있었다. 그렇게만 해 준다면 결코 이 싸움이 커지지 않을 것이라고도 명시되어 있기도 했다.

하지만 그쪽도 알고 있었으리라. 명문 정파인 화산파가 매화검수들을 죽여도 된다고 보낼 리가 없다는 것을.

당연히 화산파는 매화검수들을 쌍귀에게 보내지 않았고, 그 이후 다시금 그들에게서 서신이 날아들었다. 내용은 간단했다.

사(死).

단 한 글자가 적힌 서신이다. 하지만 그것이 누가 보냈는지를 아는 상황에서 그 내용은 결코 가볍지 않았다.

사파의 인물인 그들은 자유분방하기로 소문난 자들이다. 차라리 마교의 인물이었다면 무림맹을 내세워 대화로 풀기 위해 노력이라도 해 보겠다. 하지만 마교에도 속하지 않은 쌍귀들에게는 대화조차 가능하지 않았다.

우내이십삼성의 하나가 온다 해도 큰일이거늘, 둘이 함께 움직일 게 분명했다.

그런 그들이 노리는 매화검수들이 화산파 본거지로 대피시키지 않고 이곳 섬서지부에 두는 이유는 바로 이것이었다.

당시 싸움을 벌였던 매화검수들은 무림맹 섬서지부의 일로 감천까지 갔던 자들이다. 그런 그들을 협박에 못 이겨 화산파로 도망시킨다면 주변의 시선이 어떻겠는가?

그리고 가장 결정적으로 화산파 내부에서도 이 일을 단순히 자기들의 문제가 아닌 무림맹에 관련된 것으로 몰아가려 했다.

화산파 혼자서 감당하기에 우내이십삼성의 두 명은 너무나 버거웠기 때문이다.

화산파가 지니고 있는 우내이십삼성의 고수는 단 한 명, 화산검신 유어청뿐이다. 물론 그도 지금은 무림맹에 있는 통에 화산을 비워 둔 상태이기도 하다.

그랬기에 화산파는 사건에 연루된 매화검수들을 섬서지부에 머물게 하며 무림맹 본거지로 도움을 요청했다. 이 같은 상황을 소상히 알리면서 말이다.

쌍귀는 은밀하고 강한 자들이다. 그 둘이라면 섬서성에 있는 무림맹 분타의 힘만으로는 버텨 내기 무리다.

하루하루 시간이 지날수록 이 일의 책임자이자 지부장인 목단후는 초조했다. 본거지에서 사람이 언제쯤 오려나 목이 빠져라 학수고대했다.

그러던 중 오늘 연락이 온 것이다. 오늘 내로 이곳에 도움을 줄 자들이 도착할 거라는 말을 말이다.

대체 누가 올까?

화산파의 일이니 유어청도 올 가능성이 있다.

'하지만 어르신 혼자만으로는 힘들 테니…….'

수많은 고수들이 머릿속을 스치고 지나간다. 적어도 쌍귀를 상대해야 하니 그 급에 맞는 이들을 보내 줄 것은 자명한 노릇이다.

최소한 우내이십삼성이거나 그들에 대적할 만한 이들로 제법 많은 수의 무인들을 파견해 줄 것이라 믿어 의심치 않았다. 그리고 그렇게 지부 내부를 서성이던 목단후에게 수하가 다가왔다.

목단후는 화색을 띠며 먼저 말했다.

"왔느냐?"

"예, 지부장님. 문밖에 무림맹의 사신이 도착했답니다."

"그래? 몇 명이나 된다더냐?"

"셋이랍니다."

"셋?"

순간 목단후는 고개를 갸우뚱했다.

하지만 이내 목단후는 만면에 화색을 띠었다.

최고의 판단이다.

무림맹에 속한 우내이십삼성 중 세 명이나 보내 준 것이 분명했다. 고수들 수십을 보내 주는 것도 좋지만 분명 아까운 목숨들이 사라질 것이다. 하지만 우내이십삼성 셋이라면? 제아무리 쌍귀라 할지라도 왔다가 그냥 돌아갈 수도 있는 일이다.

"어서 가자꾸나!"

그간의 고민을 훌훌 털어 버리며 목단후가 서둘러 옆에 있는 수하를 재촉하며 지부의 입구를 향해 달려갔다.

모포 자락이 휘날릴 정도로 달려간 목단후가 이내 입구에 도착할 수 있었다. 그는 급히 옷매무새를 살피고는 바깥으로 걸어 나갔다.

환한 미소를 머금은 채로.

"오시느라 고생들 하셨……."

웃음과 함께 반가운 인사를 건네던 목단후의 목소리가 점점 사그라지는 것은 순간이었다.

문 앞에 와 있는 세 명을 발견한 탓이다.

설마 하는 표정으로 목단후는 주변을 두리번거렸다. 눈앞에 있는 이들이 아닌 다른 세 사람을 찾기라도 하려는 듯이. 하지만 근방에서는 이 셋을 제한 그 누구도 보이지 않는다.

무척이나 젊은 세 명의 사내들.

다름 아닌 적월 일행이었다.

목단후가 애써 이들이 아닐 거라 부정하며 옆에 있는 수문위사에게 물었다.

"맹에서 사신분들이 오셨다던데 어디 계시냐?"

"그것이……."

수문위사 또한 지금 섬서지부가 처한 상황을 잘 알고 있는 자였다. 그러했기에 목단후가 어떤 심정으로 이같이 묻는지도 이해할 수 있었다.

그 또한 믿기 어려웠지만 이것이 현실이다.

수문위사가 힘겹게 말을 이었다.

"여기 계시는 이 세 분이 무림맹에서 보낸 분들이랍니다."

"……."

목단후가 믿을 수 없다는 표정으로 세 사람을 바라봤고, 그때 일행의 선두에 있던 적월이 품 안에서 맹주가 내린 맹주패를 보여 주며 먼저 입을 열었다.

"지부장이십니까? 맹주님의 명을 받고 온 적월이라고 합니다."

"적월?"

그 이름을 들어 본 적조차 없다.

웬 무명소졸 세 명이 멀뚱멀뚱 서서 자신을 바라보고 있다.

목단후가 땅이 파져라 깊게 한숨을 내쉬었다.

그가 혹시나 하는 마음으로 적월에게 말을 걸었다.

"자네 셋이 전부인가?"

"그렇습니다. 무슨 문제라도 있습니까?"

"그럼 아무런 문제도 없다고 생각하는가? 지금 자네들이 무슨 일 때문에 온지 모르는 모양인데……."

"압니다."

"안다고? 그러고도 무슨 문제가 있는지 모르는가?"

목단후가 답답하다는 듯이 말했다.

이 새파란 애송이들로 대체 무엇을 하라고 맹에서 이들을 파견했는지 이해가 되지 않는다. 더군다나 이 일에 대해 안다면서도 저토록 시큰둥하게 대답하는 꼬락서니조차 마음에 들지 않는다.

이건 수많은 무림맹 무인들의 목숨이 걸린 일이다.

또한 화산파의 자존심도 걸렸다. 그런 일을 무림맹 본타에서 이토록 무관심하게 반응할 거라고는 생각도 하지 못했다.

다른 곳도 아닌 무림맹의 섬서지부다. 무너진다면 피해를 보는 것은 비단 화산파뿐만이 아니라는 거다. 그런데 어째서 맹주 우금명은 이 같은 이들만 보내는 판단을 한 것이란 말인가? 답답한 마음에 목단후가 무엇인가 말을 더 이으려고 할 때였다.

적월이 손을 들어 올리며 먼저 말했다.

"먼 길 와서 좀 쉬고 싶은데요. 최소한 그게 먼저 아닙니까?"

"……네가 안내해 주거라."

목단후가 옆에 있는 수하에게 말했다.

수하가 기분이 잔뜩 상해 있는 상관 목단후의 눈치를 보며 조심스레 말했다.

"그렇다면 제가 저분들을 영빈관으로……."

"아니, 목당관으로 모셔라. 나는 할 일이 있어서 이만 가 보겠네. 급히 맹에 연락을 취해 봐야 해서 말이야."

영빈관은 귀빈들을 맞이하는 곳이다. 그리고 목당관은 그보다 한참 아래 되는 손님들이 머물게 하는 숙소다. 그만큼 목단후는 지금 이 같은 상황에 찾아온 그들이 마음에 들지 않은 것이다.

말을 마친 목단후가 몸을 돌리고 급한 걸음으로 어딘가로 향했다. 맹에 다시금 전서구를 날리기 위함이다.

'대체 무슨 생각으로 맹주께서는 저런 애송이들을 보낸 건지 모르겠군.'

답답했다.

쌍귀가 언제 들이닥칠지 모르는 이 같은 상황에서 언제 다시금 맹에 연락을 하고 또 다른 인원들을 요청한단 말인가.

맹에서 다시금 보내 줄 자들이 쌍귀보다 먼저 도달할 가능성이 없긴 하지만…… 그래도 저들을 믿고 있는 것보다는 나을 거라 목단후는 그리 생각했다.

"미움받고 있는 것 같은데?"

목당관에 도착하고 안내해 주었던 섬서지부의 무인이 사라진 후 몽우가 처음 내뱉은 말이다. 그런 몽우의 말에 적월 또한 불쾌한 표정을 지으며 답했다.

"그런 사람 볼 줄도 모르는 놈이 섬서지부장이라니, 무림맹도 형편없군."

"그러게 말이야."

말을 마친 몽우가 방 안을 대충 둘러봤다.

침상 하나와 조그마한 탁자 하나가 전부다. 크기도 무척이나 작았고 그 누가 봐도 알 정도로 볼품없는 방이었다.

모두가 개개인의 방을 받은 것마저도 감지덕지해야 할 판이다. 방 하나에 세 사람을 몰아넣어도 이상할 것 없을 정도로 섬서지부의 무인의 시선 또한 그리 좋지는 않았으니까.

뭐, 이해는 한다.

적어도 이십 대 초반밖에 안 돼 보이는 세 사람을 우내이십삼성을 상대해야 하는 곳에 보낸 것을 보통 상식으로 이해하기 쉽지는 않을 테니까.

적월은 공기가 답답했는지 방에 있는 조그마한 창문을 열어 젖혔다. 차가운 공기가 단번에 훅 하니 밀려들어 온다.

창문을 연 적월은 짐을 구석으로 밀어 놓고는 침상에 걸터앉았다.

무림맹으로 가던 중에 갑작스레 섬서성으로 오게 되었다. 청해를 지나 사천에 이르렀을 즈음에 우금명에게 연락을 받앉다. 그건 다름 아닌 바로 이곳 섬서지부의 일이었다.

혹시나 된다면 도움을 줄 수 있겠냐는 말이었고, 적월도 그 부탁을 쉽사리 승낙했다.

어차피 사천이나 섬서, 그 어떤 지역을 통해서 호남에 도착하든 차이도 크게 나지 않기 때문이다.

하나 적월의 성격상 단지 그것이 이유의 전부는 아니었다.

몽우가 물었다.

"그런데 무슨 변덕이야? 이런 일까지 나서서 도와주고."

"슬슬 앞으로 좀 나서려고."

"앞으로 나선다고?"

"이제는 더 숨을 필요도 없잖아? 어차피 명객들이 내 이름도 얼굴도 다 알아 버린 것 같은데 말이야."

적월에 대해 밝혀지지 않았을 때는 뒤에 숨어 있는 게 나았다. 눈에 띄지 않아야 움직이기도 더 좋고, 또 위험도도 적었다.

하지만 이제는 그 반대가 되어 버렸다. 정체가 탄로 난 상황이다. 그렇다면 그 대응도 이제 변해야 한다.

이름이 있어야 한다. 그래야 많은 이들의 주목을 항시 받게 될 것이며, 또 도움들도 받을 수 있게 된다. 적어도 많은 이들의 관심 안에 있다면 그만큼 적월을 건드리는 것이 쉽지 않을 테니까.

그 위명이라는 것을 얻기 위해 적월은 이곳에 들른 것이다.
적월이 천천히 입을 열었다.
"우내이십삼성이라…… 이름을 떨치기에 그만한 상대가 없잖아?"
몽우가 이해한다는 듯이 고개를 끄덕였다.
작금의 무림에서 우내이십삼성은 곧 하늘을 의미하니까.

* * *

무림맹 섬서지부에 도착한 지도 삼 일이라는 시간이 지났다. 하지만 그 삼 일이라는 시간이 지날 동안 지부장인 목단후는 코빼기조차 비추지 않았다.
그만큼 적월과 그의 일행들을 무시하고 있다는 소리였다.
하나 적월 또한 그러한 사실에 크게 내색하지 않았다. 어찌 보면 오히려 괜한 사석의 만남을 피할 수 있으니 쌍수를 들고 환영할 일이기도 했다. 식사를 할 때를 제하고는 거의 방 안에서 자신만의 시간을 보낼 수 있었다.
요력을 연마하고 운기조식을 취하며 하루를 보냈다. 하루의 대부분을 요력과 무공을 위해 쓰고 있지만 적월은 만족스럽지 못했다.
혈왕이라는 존재가 점점 가까이 느껴지는 지금 이런 훈련으로 얼마나 강해질 수 있을까.

"하아."

운기조식까지 마치고 침상에 드러누운 적월이 깊게 한숨을 내쉬었다. 이런저런 생각들이 많이 드는 요즘이다. 분명 점점 강해지고 있다는 것을 몸으로 체감하고 있지만 그것에 만족하지 못하고 있다.

특단의 조치에 대해 생각하고 있을 때 적월이 기거하는 목당관의 문이 벌컥 열렸다. 적월은 이미 누군가가 다가오고 있는 것을 알았기에 심드렁한 목소리로 말했다.

"여기가 네 방이냐? 기척이라도 좀 내고 들어와."

"하하, 뭐 다른 일이라도 하고 있었어?"

"아니. 그냥 누워 있는데. 무슨 일이야?"

적월이 침상에서 일어나 방 안으로 들어온 몽우를 바라봤다. 몽우가 그런 적월을 바라보며 말했다.

"저녁이나 먹으러 가자고."

"벌써 시간이 그렇게 됐나?"

열린 문틈으로 바깥을 살피니 주변은 이미 새카만 어둠에 감싸여 있었다. 식사를 하러 가기 귀찮긴 했지만 그래도 하루에 바깥 공기를 마시는 것도 몇 번 되지 않는다.

식사도 할 겸 겸사겸사 바람이나 쐬기 위해 적월은 바깥으로 걸어 나왔다. 이미 바깥에는 몽우에게 끌려 나온 설화도 기다리고 있었다.

설화가 적월을 보며 가볍게 목례를 했다. 둘이 나란히 서자 그 사이를 몽우가 비집고 들어오며 말했다.

"시간도 조금 늦었는데 간 김에 술 한잔 어때?"

"그러시든지."

적월 또한 심심하던 차에 잘됐다는 생각에 쉽사리 승낙했다. 몽우가 함박웃음을 지으며 두 사람을 이끌고 앞으로 걸어 나갔다.

"진짜 여기 콕 하고 처박혀만 있으니 좀이 쑤셔서 죽겠다. 어서들 가자고."

몽우의 손길에 설화가 슬쩍 잡힌 팔목을 빼내며 따라 걸었다. 그렇게 세 사람이 향한 곳은 바로 섬서지부 내부에 있는 주점이었다.

얼마 전까지는 무인들이 식사를 하는 곳으로 쓰였지만 최근 들어 이곳에서 술까지 팔기 시작했다. 흡사 바깥에 있는 객잔이나 주루처럼 말이다.

전부 쌍귀와 관련된 그 일 탓이다.

상황이 흉흉한 지금 무인들의 바깥 외출을 최대한 자제시킨 상황이다. 그러했기에 간단한 술 정도는 내부에서 먹을 수 있게 조치를 취한 것이다.

식사를 하기에는 다소 늦은 시간. 주점은 꽤나 많은 사람들로 바글거렸다.

 지부 내부에 있는 이들은 심심함을 이기지 못하고 이곳에서 지인들과 잦은 술자리를 가지고 있다 들었다.

 그런 주점에 세 명이 모습을 드러내자 시끄럽던 분위기가 일순 가라앉았다. 지부 소속의 무인들의 시선이 절로 세 사람에 쏠린 탓이다.

 적월 일행이 이번 쌍귀 사건과 관련 되어 온 무림맹 본타의 인물들이라는 걸 이들 또한 모두 알고 있다. 하지만 그들의 시선 또한 그리 좋지만은 못했다.

 별로 관심 없어 하는 이들이 대다수였지만 개중 일부는 불만 가득한 시선들로 적월 일행을 바라봤다.

 잠시 가라앉았던 분위기가 일순 언제 그랬냐는 듯이 다시 소란스러워졌다.

 몽우가 어깨를 으쓱하며 말했다.

 "우선 앉아. 저기 괜찮겠네."

 빈자리 하나를 가리키며 몽우가 걸어가 앉았다.

 식당을 주점으로 급조한 탓에 내부가 아닌 외부에 대부분의 자리가 나 있고, 추운 겨울바람을 막아 주는 건 고작 얇은 천 하나가 전부다.

 그렇지만 모두가 무인인 탓인지 그런 추위 정도에는 크게 내색도 하지 않는 듯했다.

맞은편에 자리를 잡고 적월과 설화가 앉자 몽우가 간단한 요깃거리와 술을 시켰다.

간단한 음식을 시킨 탓인지 예상보다 빠르게 주문한 것들이 날아들었다.

세 사람은 서로 마주 앉은 채로 술잔에 술을 채워 넣었다. 한동안 손대지 못했던 술을 마주하자 즐겁다는 듯 몽우가 이야깃거리를 풀어 나갔다.

몽우의 입에서는 각양각색의 이야기들이 쏟아져 나왔다.

한 번도 가 보지 못했던 곳에 대한 경치를 이야기하다가도, 또 재미있는 이야기들도 쏟아 낸다. 마치 모든 지식들을 가지고 있는 게 아닐까 할 정도로 몽우의 이야기는 항상 새로우면서도 사람의 관심을 끈다.

그만큼 이야기를 하는 데 재능이 있다는 소리다.

그런 몽우의 앞에 있으면 말 한마디 하지 않고 듣고만 있어도 전혀 이 자리에 대한 어색함이 느껴지지 않는다.

술자리가 이각가량 이어졌을 때였다.

일련의 무리가 주점 안으로 들어서고 있었다. 그렇게 나이가 많아 보이지 않는 그들은 남녀가 뒤섞여 있었다.

하지만 한눈에 봐도 알 수 있는 매화가 새겨져 있는 복식은 그들이 화산의 자랑인 매화검수들이라는 것을 알 수 있게 해 주었다.

열 명에 달하는 그들이 나타나자 많은 이들이 그들에게 인사를 건넸다.

이번 쌍귀의 사건과 직접적으로 연관된 이들이 바로 이들이다. 하지만 이곳 섬서지부 자체가 화산파와 종남파의 인물들이 대부분이라고 봐야 한다. 그 덕분에 이들은 오히려 사특한 사파의 무리에게 본보기를 보여 줬다며 칭송을 받고 있는 상황이었다.

자신들에게 닥친 일이 얼마나 위험한지도 모르고 말이다.

간단하게 인사를 주고받던 매화검수들은 이내 주점 한 곳에 가서 자리를 잡았다.

그리고 이내 그들 또한 적월 일행을 발견하고는 뭔가를 수군덕거리기 시작했다. 거리는 제법 되었지만 그런 수군거림이 적월의 귀를 피해 갈 리가 없었다.

몽우 또한 마찬가지였는지 힐끔 그들을 바라보고는 조그맣게 말했다.

"저쪽에서 우리에 대해 이야기하는데? 어? 우리 쪽에 올 생각인가 본데?"

몽우가 말하는 바로 그때였다. 매화검수 중 두 명이 자리에서 일어나 이쪽을 향해 걸어오기 시작했다.

적월 일행을 향해 다가오는 한 쌍의 남녀의 발걸음은 무척이나 자신감 있어 보였다.

그럴 만도 하다. 대화산파의 매화검수라는 것만으로 이미 그들의 성공은 보장된 것과 진배없으니까.

그랬기에 많은 이들이 매화검수를 부러워했다.

하지만 다가오는 그들을 바라보는 세 사람의 시선에 그런 감정은 없었다. 그저 무표정하니 그들은 매화검수의 방문을 기다리고 있었다.

탁자의 옆에 도착한 한 쌍의 매화검수들이 포권을 취했다.

"초면에 죄송한데 무림맹에서 오신 분들이 맞으시지요?"

공손한 목소리, 적월은 힐끔 상대를 올려다봤다.

곱상하니 생긴 얼굴의 사내지만 두 눈에서는 강한 기운이 뿜어져 나온다. 아마도 저 매화검수 무리의 실질적인 우두머리 역할을 하는 놈일 게다.

"그렇습니다만."

무림맹에서 온 사람들이 맞다 하자 사내가 반갑게 말을 이어 나갔다.

"아, 저는 화산파의 매화검수 진유명(震釉明)이라고 하고 이쪽은 제 사매인 운예정(雲霓晶)이라 합니다."

"운예정이에요."

운예정이라 불리는 여인은 다시금 포권을 취했다.

나이는 스무 살 전후로 보일 정도고, 새하얀 피부와 반반한 얼굴이 화산파 내에서 제법 인기가 있을 법하다.

이미 알고 있었지만 그제야 알았다는 듯이 적월이 말을 이어 나갔다.

"화산파의 분들이셨군요. 그런데 어쩐 일로……."

"우선 앉아도 되겠습니까?"

"상관은 없습니다만."

말은 그리했지만 적월은 슬쩍 귀찮다는 기색을 내비쳤다. 굳이 이들과 이야기를 섞어야 할 필요성을 느끼지 못한 탓이다.

그런 속내를 아는지 모르는지 진유명과 운예정은 그대로 동석을 해 버렸다.

자리에 앉자 진유명이 다시금 말을 걸어왔다.

"죄송한데 존함들이 어찌 되십니까?"

"저는 적월이라 하고, 이쪽이 설화, 그리고 저기 실없이 웃어 대는 놈이 몽우라 합니다."

"그래요?"

이름을 듣고 진유명은 잠시 동안 뭔가를 곰곰이 생각하는 듯했다. 그러고는 이내 고개를 갸웃거리며 되물었다.

"죄송한데 어디 소속이십니까?"

"묵혼대 소속입니다."

"묵혼대라면……."

진유명이 말을 끌었다.

묵혼대라는 이름을 딱히 들어 본 적이 없다.

아무래도 무림에 크게 이름난 단체가 아닌 탓에 이처럼 섬서까지 그 이름이 알려져 있을 리가 없었다.

그런 진유명의 고민을 알아서일까?

설화가 차가운 목소리로 말했다.

"무림에 별로 알려지지 않은 곳이라 모르실 겁니다. 추량 대주님 휘하입니다."

"아! 천면객 추량 선배님을 말씀하시는 거군요."

그제야 알았다는 듯 진유명이 고개를 끄덕였다.

환하게 웃고는 있었지만 속까지 그런 것은 아니었다. 진유명 또한 내심 이들을 무시하기 시작했으니까.

천면객 추량은 무림에 어느 정도 이름이 난 고수다.

하지만 그게 전부다.

정파 무림에서 그의 서열은 백 위 안에도 들지 못한다. 그리고 눈앞에 있는 사내들은 그런 자의 휘하에 있는 자들이다. 어찌 그런 자들을 보내 이번 쌍귀와의 일을 마무리 지으려 한단 말인가.

이름도 없는 무명소졸들이 왔다는 건 이미 들어서 알았지만 자세히 알아보니 실망감만 더욱 커진다.

진유명이 일행들을 위아래로 훑어보며 말을 이었다.

"이번 일에 대해 알고 오셨다고 들었는데 정말로 괜찮으시겠습니까? 쌍귀는 우내이십삼성에 속한 자들입니다. 상대가 너무 강한 것 같은데……."

 어찌 보면 걱정하는 말투일지 모른다. 하지만 은연중에 풍겨 나오는 분위기는 단순한 걱정이 아니었다. 흡사 네깟 놈들이 뭘 하겠냐는 듯한 느낌이 풀풀 풍겨 나온다.

 그걸 너무나 잘 알았기에 적월 또한 비꼬듯이 말을 받았다.

 "맹주님이 바보는 아니지요. 아마도 최고의 적임자라 생각하셨으니 저희를 보냈겠지요?"

 "그런가요?"

 진유명과 운예정은 동시에 웃음을 흘렸다.

 어처구니없다는 듯한 그 웃음을 본 설화가 참지 못하고 말했다.

 "이번 일은 그쪽 매화검수들 때문이라 하던데 지금 같은 때 이렇게 나와서 술을 마실 여유는 있는 겁니까? 당사자들치고는 너무 여유 있어 보이는군요. 당장이라도 쌍귀가 쳐들어올 수도 있는 상황에 말입니다."

 "날카로운 지적이시군요. 하지만 저는 그리 생각하지 않습니다."

 "뭘 그리 생각하지 않는다는 겁니까?"

 "쌍귀 말입니다."

 진유명은 자신 있게 말을 이어 나갔다.

"제아무리 쌍귀라 해도 이곳은 무림맹 섬서지부입니다. 윗선에서는 그들의 서신을 받고 걱정을 좀 하는 모양인데 저희들은 아닙니다."

말을 마친 진유명이 주변을 둘러봤다.

매화검수들이 무림맹 본타의 인물들과 합류하며 많은 이들이 이쪽에 주목하고 있었다. 그 탓에 지금까지 이곳에서 나눈 대화를 많은 이들 또한 듣고 있는 상황이었다.

진유명의 시선에 모두가 동조한다는 듯이 고개를 끄덕였다.

이런 상황에 주점에 모여 있는 이들 대부분은 젊고 혈기왕성한 무인들이었다. 서른이 넘은 자들은 손으로 꼽기 힘들 정도로 드물었고, 대부분이 그 이하였다.

이들은 자신이 있었다.

쌍귀고 우내이십삼성이고, 제아무리 강하다 해도 자신들이 힘을 합치고 무림맹이라는 이름이 뒤에 있는 이상 쉽사리 지지 않을 거라 생각하고 있는 것이다.

진유명이 당당하니 말했다.

"우내이십삼성이라 해도 단둘이 섬서지부를 어찌한다는 건 불가능합니다. 그러니……."

"어리군요."

의자에 기대며 몽우가 피식 웃음을 흘렸.

비웃음이 명백하다 생각했는지 진유명이 몽우 자신을 흘겨볼 때였다.

"하나 모르는 게 있는데 말해 줄까요?"

"무슨 말이 하고 싶은 겁니까?"

몽우가 갑자기 검지 하나를 펼치며 들어 올렸다. 그러고는 그 손가락을 진유명 앞으로 들이밀며 말을 이었다.

"둘은 고사하고 하나면 이곳은 쑥대밭입니다."

"하하, 저희를 뭐로 보는 겁니까? 화산파와 종남파, 그리고……"

"이 젊디젊은 매화검수들과 화산파 종남파의 몇몇 고수들로 우내이십삼성을 상대한다고요? 지나가던 개가 웃겠습니다."

몽우가 말도 안 된다는 듯이 고개를 저으며 말했다.

주점 안의 분위기가 착 하니 가라앉았다. 수많은 이들이 이를 갈며 몽우를 노려보았지만 그 시선을 받는 당사자인 그는 전혀 아랑곳하지 않고 다리를 꼬며 앉았다.

진유명이 기분이 팍 상한 목소리로 말했다.

"우리를 너무 무시하는군요."

그 순간 뭔가를 감지한 몽우가 웃으며 말을 받았다.

"무시인지 아닌지는…… 본인 스스로가 곧 알게 될 것 같군요."

바로 그때였다.

쿠웅!

커다란 소리와 함께 찬 바람을 막기 위해 세워 두었던 천을 연결시키는 기둥이 무너져 내렸다. 갑작스러운 소란에 주점 안에 있는 무인들이 깜짝 놀라 자리에서 일어났다.

주변을 막고 있던 천들이 스르륵 떨어져 내리며 바깥에 서 있던 두 명의 노인의 모습이 주점 안의 사람들에게 들어왔다.

새빨간 얼굴의 노인, 그리고 백발이 성성한 또 다른 노인……

홍안사심과 백발마랑.

쌍귀가 나타났다.

새빨간 얼굴 탓에 다혈질적으로 보이는 홍안사심이 앞으로 나서며 입을 열었다.

"매화 어쩌고 하는 나부랭이 놈들, 죽을 준비는 되었더냐?"

목소리에서 짙은 살기가 뚝뚝 떨어져 내린다.

第七章
쌍귀(雙鬼)

절대고수란 이런 것이다

 쌍귀의 등장에 잠시 놀랐던 섬서지부 무인들이 이내 제각기 무기를 뽑아 들었다. 오십 명이 훌쩍 넘는 숫자, 그에 비해 상대는 쌍귀 둘뿐이다.

 자리에서 일어난 이들과는 달리 적월 일행은 여전히 의자에 착석한 상태로 나타난 쌍귀를 바라보고 있었다. 적월은 술잔을 홀짝거리며 옆에 서 있는 진유명을 바라봤다.

 그는 검을 뽑아 든 채로 잠시 숨을 고르는 듯하더니 앞으로 걸어 나갔다. 쌍귀가 노리는 매화검수이기도 하고, 또 이곳에 모여 있던 젊은 무인 중 그만한 실력자가 없었던 탓이다.

모두의 시선이 진유명에게 쏠렸다.

진유명이 자신들의 앞에 서서 포권을 취하자 쌍귀는 코웃음을 쳤다. 진유명이 입을 열었다.

"무림의 후학(後學), 진유명이 두 노선배께 인사드립니다."

"오호라. 꼴을 보아하니 매화검수로구나."

홍안사심이 이를 부득 갈았다. 그의 새빨간 얼굴이 더욱 달아오른다는 생각이 들 정도로 분노에 젖어 있었다. 그런데 진유명이 계속해서 말을 이어 나갔다.

"당시의 일은 그쪽에서 먼저 저희에게……."

"겉멋만 든 놈이 되도 않는 꼴값을 하는구나."

여태까지 입을 닫고 있던 백발마랑이 입을 열었다.

차가운 한기가 풀풀 풍기는 그가 등 뒤에 지고 있던 보따리를 갑자기 풀었다.

그러자 그 안에서 무엇인가가 쏟아져 나왔다.

데구루루.

땅을 구르는 것을 본 진유명의 안색이 변했다.

그것은 다름 아닌 자신과 같은 매화검수들의 목이었다. 이곳 주점에 오지 않고 방에서 쉬고 있던 그들이 두 눈을 크게 치뜬 채로 목만 남아 바닥을 뒹굴고 있었다.

죽는 그 순간 느꼈던 감정이 어땠을지 절절히 알 수 있을 정도로 바닥에 떨어져 있는 네 개의 목의 표정은 한결같았다.

공포.

"이런 짓을 하고도 무사할 거라고 생각하십니까!"

고함을 내지르며 진유명 또한 검을 내뽑았다.

처음 쌍귀의 등장 때부터 흉흉해지기 시작한 분위기가 이제는 당장에 서로가 서로를 죽여도 이상할 것이 없을 정도로 고조되었다.

백발마랑이 입을 열었다.

"그건 네가 걱정할 일이 아니지. 뭔가 큰 착각을 하나 본데…… 우리가 너희들과 대화라도 하러 온 줄 아느냐?"

말을 마친 백말마랑이 주변을 천천히 둘러봤다.

한눈에 봐도 이미 분위기 파악이 되어 간다. 새파란 애송이들이 가득하고 그들은 도망치기는커녕 오히려 병기를 뽑아 들고 서로 앞으로 나서려 난리다.

백말마랑이 물었다.

"준비된 놈들은 없느냐? 너희들이 우리를 상대하겠다는 건 아니겠지?"

"모여!"

진유명이 외치는 순간 뒤편에 있던 매화검수들이 다가왔다. 그리고 또 다른 무인들 또한 기다렸다는 듯이 그 뒤를 따라 움직였다.

오십 명이 넘는 일류 고수들이 뒤에 즐비하게 섰다.

진유명은 그런 그들의 선두에 선 채로 상대들을 노려봤다. 이 같은 자들을 통솔한다는 사실에서 자신도 모르게 묘한 흥분감이 밀려들었다.

하지만 그것은 진유명의 입장에서였다.

당사자인 쌍귀는 잔뜩 얼굴에 힘을 주고 서 있는 그들을 바라보다 웃음을 터트렸다.

어찌 웃지 않을 수 있겠는가.

범 무서운 줄 모르는 강아지들의 사뭇 진지한 모습이 이토록 우스운데.

"푸하하! 지금 매화검수랑 이런 조무래기들로 나와 싸우겠다는 거냐? 정말 이게 무림맹의 생각이라고? 장난이지?"

"상대해 보면 알 일 아니겠습니까!"

말을 마친 진유명은 그대로 상대들을 향해 달려들었다. 동시에 뒤편에 있는 무인들 모두 쌍귀를 향해 덤벼들었다.

모두가 화산과 종남에서 선별된 젊은 고수들이다. 그들은 자신이 있었다.

비웃음을 흘리고 있던 쌍귀의 표정이 변했다.

뿌드득.

"감히 우리를 뭘로 보고……."

비웃음이 분노로 변해 간다.

겨우 이런 햇병아리들이 자신들을 향해 덤벼드는 이 모습에 화가 치밀어 오르는 것이다. 홍안사심이 손으로 백발마랑을 저지하며 앞으로 움직였다.

저런 놈들을 둘이서 상대한다는 것조차 부끄럽다.

혼자면 된다.

용조권을 펼칠 것처럼 말아 쥔 손가락 사이로 빛이 몰려들었다. 급속도로 빠르게 몰려든 힘이 이내 주변으로 천천히 흘러 나간다.

놀랍도록 차가운 기운이 순식간에 주변을 뒤덮어 간다.

"한백투심장(寒魄透心掌)!"

쩌저적!

고함과 함께 터져버린 물꼬처럼 내력이 미쳐 날뛰기 시작했다. 사방으로 쏟아져 나가는 그 기운은 단번에 달려드는 무인들을 뒤덮었다.

흡사 북해빙궁의 빙백신장을 연상케 할 정도의 극음의 장법, 그 힘이 달려드는 모든 이들을 뒤덮었다.

그것은 성난 눈사태처럼 쏟아져 나왔다.

"으윽!"

곳곳에서 비명이 터져 나왔다.

사방으로 난리를 치던 기운이 잠잠해지자 주변의 모습이 그제야 제대로 들어왔다. 진유명은 덜덜 떨고 있었다. 지독한 한기가 체내까지 치고 들어오며 숨마저 쉬기 힘들게 만든다.

너무나 차가운 기운은 손가락 끝의 감각까지 마비시켰다.

다급히 주변을 둘러본 진유명은 안도의 한숨을 내쉬었다. 너무나 큰 힘이 몰려들어 순간 당황했었다. 하지만 그 누구도 죽거나 크게 다쳐 보인 자는 없었다. 대부분이 신체 일부분이 얼어붙어 버렸지만, 이 정도라면 큰 문제 없다.

진유명이 사기를 북돋기라도 하려는 듯이 소리쳤다.

"막아 냈다!"

그런 진유명의 의도는 어느 정도 맞아 들었다.

커다란 힘에 잠시 놀랐던 그들은 이내 버텨 냈다는 사실 하나만으로도 승산이 있다 생각하게 된 모양이다. 오히려 좋아 날뛰는 그들을 보며 홍안사심이 비릿한 미소를 지어 보이며 중얼거렸다.

"머저리 같은 놈들."

그 누구도 죽지 않은 것은 애초부터 홍안사심이 노렸기 때문에 가능했던 것이다. 처음부터 홍안사심은 이들을 편안하게 죽일 생각이 없었다.

방금 한백투심장을 쓴 이유는 그것의 시작이었다.

갑작스러운 홍안사심의 말에 진유명이 의아한 표정으로 바라볼 때였다.

"그러니까 너희들이 풋내기라는 거야. 아직도 상황 파악이 안 돼?"

말을 마치는 그 순간 홍안사심이 갑자기 손가락을 들어 한 사내를 가리켰다. 그리고 그 손가락에 지목 된 사내가 주변을 두리번거릴 때였다.

 투욱!
 얼음이 맺혔던 팔목이 떨어져 내렸다.
 사내의 입술이 부들부들 떨렸다.
 "으으으으!"

 엄청난 고통이 밀려들어 온다. 하지만 그 고통이 너무나 컸기에 비명 소리조차 나오지 않는다. 터져 나간 부위부터 타오르는 것만 같은 고통이 전신을 뒤덮기 시작했다.

 사내는 급기야 바닥에 쓰러져 데굴데굴 구르며 고통을 호소했다.

 "이, 이게 무슨……."
 "다음은 누구로 할까?"
 "사술이다! 비겁하게 사술을 쓰다니!"

 버럭 소리치는 진유명을 향해 홍안사심이 갑자기 손가락을 가리켰다. 그러자 흠칫 놀란 그가 뒷걸음질 쳤다. 그런 모습이 우습다는 듯 홍안사심이 비웃으며 말했다.

 "멍청한 놈들. 너희 정도 죽이는 데 사술까지 쓸 필요가 있다 생각하느냐? 마음만 먹었다면 달려들던 그 순서대로 죽여 줄 수도 있었다. 아까부터 자꾸 뭔가 착각하는 모양인데 너희

쌍귀(雙鬼) 203

정도가 뭐라도 되어 보이는 게냐?"

"우리는 구파일방 화산파와 종남파의······."

"갈(喝)!"

진유명이 말을 이어 나가려는 바로 그 순간 홍안사심의 고함이 터져 나왔다. 내력이 담긴 그 외마디 외침은 귓가를 파고들어 모두의 정신을 혼미하게 만들 정도였다.

그것이 전부가 아니었다.

고함과 함께 홍안사심은 자신의 힘을 자랑이라도 하려는 듯이 안으로 품었던 모든 기운을 개방시켰다. 그 어마어마한 내력은 숨을 막히게 한다.

섬서지부의 무인들이 그 막강한 힘을 몸으로 느끼고 딱딱하게 굳어 있을 때였다.

홍안사심이 말을 이어나갔다.

"너희가 화산이더냐? 또 너희가 종남이더냐? 너희는 그저 화산과 종남을 이루는 하나의 장기짝에 불과할 뿐이다, 애송이들. 그것도 일개 졸병(卒兵)밖에 되지 않지. 그리고 나는 말이다······ 그런 장기짝들을 움직이는 사람이다. 네깟 놈들이 아무리 뛰어나다 한들 나에겐 그저 손가락 하나 까딱하는 것만으로 죽고 살고를 정할 수 있을 정도로 하찮은 목숨이라는 것이다."

말을 마친 홍안사심이 주먹을 들어 올렸다.

죽일 것이다. 이곳에 있는 모든 자들을.

그래서 무림맹과 완전한 척을 진다 해도 상관없다.

무림에서 힘은 곧 정의다.

무림맹에서 무슨 짓을 한다 한들 그것을 피해 도망가고, 막아 낼 수 있다.

홍안사심이 살기 가득한 목소리로 주변을 스윽 둘러보며 입을 열었다.

"모두 죽여 주마. 그것도 신체 한 부위 한 부위 고통을 느낄 수 있게. 천천히, 그리고 잔인하게. 자, 그럼 이번에는 네 놈으로 할까, 아니면······."

말을 마친 홍안사심이 손가락을 가지고 장난을 치며 한층 공포로 분위기를 물들여 가고 있을 때였다.

소란을 듣고 출동한 섬서지부 무인들이 주점을 향해 들이닥치고 있었다.

이백 명이 훌쩍 넘는 무인들이 일사불란하게 주점으로 밀려들었다. 이미 사태가 어찌 되었을지 예측한 탓인지 주점으로 나타난 섬서지부 무인들의 표정은 좋지 않았다.

처음부터 병기를 뽑아 들고 나타난 그들을 쌍귀가 힐끔 바라봤다.

섬서지부의 정예들이다.

그들은 무림에서도 이름난 자들이고 그 숫자 또한 적지 않다. 보통의 경우라면 그런 그들에게 둘러싸인 자들이 겁을 집어먹어야 옳을 게다.

하지만 우습게도 지금 상황은 반대다.

그런 이백이 넘는 섬서지부 무인들이 겁을 집어먹고 있고, 표적이 된 두 명이 오히려 여유가 넘친다.

하나 이것이 정상이다.

상대가 우내이십삼성이라면 이래야 옳은 것이다.

나타날 때부터 겁을 집어먹은 무인들을 보며 흡족한 듯 홍안사심이 옆에 서 있는 백발마랑을 툭툭 치며 말했다.

"이제야 제대로 된 놈들이 나타났군."

"형, 어떻게 할래?"

"저놈들은 네가 상대해. 난 이놈들이나 가지고 놀 생각이니까."

"그러든지."

툭하니 말을 내뱉은 백발마랑이 주점으로 뒤늦게 들이닥친 섬서지부 정예들의 앞으로 다가갔다.

백발마랑과 거리가 가까워 오자 그 무리를 이끌고 나타난 섬서지부장 목단후는 침을 꿀꺽 삼켰다.

한 명이다.

그럼에도 불구하고 느껴지는 이 압력…….

이것이 바로 우내이십삼성이다.

흡사 태산이 눈앞에 놓여 있는 것만 같은 착각이 일 정도로 상대가 거대해 보인다.

목단후가 힘겹게 입을 열었다.

"이곳은 무림맹의 섬서지부요. 제아무리 쌍귀라 할지라도 이것은 예가 아니라 사료되오."

"네가 목단후냐?"

"그렇소."

"그럼 우리가 보낸 서신을 받았을 게 아니냐. 그렇다면 대충 우리가 무슨 생각으로 이곳에 온지도 알 테고. 뭐, 길게 이야기할 것 있나."

말을 마친 백발마랑이 검을 뽑아 들었다.

그저 검을 뽑아 들었을 뿐이거늘 사방으로 서릿발 같은 기운이 터져 나간다.

검을 든 채로 백발마랑이 나지막이 말했다.

"우리는 한번 뱉은 말을 반드시 지키거든. 그러니 모두 죽어 줘야겠다."

말과 함께 백발마랑의 몸 주변에서 흰색의 기운이 사방으로 얇디얇은 실처럼 변해 퍼져 나갔다.

그리고 이내 그 기운이 눈에서 사라졌을 때였다.

"모, 몸이……!"

누군가가 이상함을 눈치채고 다급히 소리쳤다.

그리고 그제야 다른 무인들도 하나둘씩 알아차리기 시작했다.

몸이 움직이지 않는다. 그것은 방금 전 퍼져 나왔던 그 실로 인해 전신의 감각이 천천히 마비되기 시작한 탓이다.

억지로 손을 들어 올렸지만 그 반응 속도가 너무 느리다. 백발마랑이 다가오는 걸 보면서도 검을 들지 못할 정도로.

이게 말이나 된단 말인가.

그저 한 명이 기운을 뿜어냈을 뿐이다. 그 힘이 이토록 많은 일류 고수들을 움직이지조차 못하게 만들어 버렸다.

왜 사람들이 우내이십삼성이라는 이름을 경외의 존재로 부르는지 절절히 느낄 수 있었다.

'이것이…… 절대고수인가.'

목단후는 어찌해야 할지 판단이 서지 않았다.

우내이십삼성을, 그것도 두 명이나 되는 그들을 자신들만으로 어찌 한단 말인가.

아무도 보내지 않은 무림맹이 원망스러웠고, 그들만을 믿고 있었던 자신들의 어리석음에 한탄했다. 차라리 화산과 종남에 더욱 많은 고수들을 요청했더라면 이처럼 일방적이지는 않았을지도 모른다.

물론 두 명의 우내이십삼성과 싸우려면 화산과 종남 또한 결사의 각오를 다져야 했겠지만 말이다.

너무나 압도적인 힘 앞에 모두가 할 말을 잃고 반항도 하지 못하고 있는 그 순간이었다.

탕탕.

갑작스런 소리에 무인들이나 쌍귀 모두 그쪽을 바라봤다.

자신도 모르게 몸을 돌려선 목단후는 깜짝 놀랐다.

"어?"

몸이 움직인다.

방금 전까지만 해도 그토록 느릿느릿하게 반응하던 몸이 원래대로 움직인 게 아닌가. 그건 다른 이들도 마찬가지였다.

모두가 놀란 듯 자신의 몸을 살폈고, 이내 그 소리가 난 곳을 바라봤다.

그곳에는 여전히 탁자에 앉아 싸움을 구경하는 세 사람이 있었다.

술잔으로 탁자를 치며 소리를 냈던 적월이 자리에서 천천히 일어났다. 여태까지 저자들이 이곳에 있다는 사실조차 신경 쓰지 않았던 목단후다.

대체 언제부터 있었을까?

심지어 갑작스럽게 적월이 움직이자 쌍귀 또한 놀랐다. 처음 한백투심장을 썼을 때부터 이미 당해서 움직이지 못한다 생각했다.

하지만 아니었다. 이제야 관심을 가지고 보니 그들은 전혀 자신의 공격에 당한 흔적이 없다.

처음부터 저들은 홍안사심, 자신의 공격을 막아 냈던 것이다.

그리고 방금 전 잔으로 탁자를 두드린 그 행동…….

다른 이들은 모를지 모르겠지만 홍안사심, 백발마랑이 그때 퍼져 나온 기운을 모를 리가 없다.

가볍게 잔으로 탁자를 두드린 것으로 보였지만 그것이 전부가 아니다. 소리와 함께 퍼져 나온 기운이 자신들이 펼친 무공을 상쇄시켜 버렸다.

쌍귀의 시선이 잔을 내려놓은 적월에게 향한 채로 움직이지 않았다.

쌍귀뿐만이 아니다.

목단후와 뒤늦게 개입한 섬서지부의 정예들도, 처음 주점에 있었던 그 모두가 적월을 바라만 보고 있다.

적월이 입을 열었다.

"도와줄까요?"

그의 시선이 목단후에게로 향해 있었다.

그리고 그 시선을 받자 목단후는 자신도 모르게 고개를 마구 끄덕거리며 답했다.

"그, 그래 주시오."

이유는 모르겠다.

그저 그 시선을 보는 순간 자신도 모르게 그리 행동했을 뿐.

그리고…….

적월이 설화와 몽우를 바라보며 말했다.

"앉아 있어. 금방 끝내고 올 테니까. 남은 술은 그때 하지."

말을 마친 적월이 터벅터벅 쌍귀를 향해 걸어 나갔다. 그리고 자신들을 향해 다가오는 적월을 주의 깊게 바라보는 쌍귀의 표정은 여태까지와는 달리 진지했다.

겉보기에는 새파랗게 어린 자다.

하지만 방금 전 보여 줬던 그 심후한 공력은 결코 상대가 녹록한 자가 아님을 말해 줬다.

우내이십삼성의 자리에까지 오른 그들이다.

그런 그들이었기에 겉모습만으로 상대를 판단하는 우를 범하지 않았다.

백발마랑이 미간을 구긴 채로 다가오는 적월을 향해 말을 걸었다.

"누구냐?"

"맹주 우금명께서 보내셔서 온 사신입니다."

우금명은 영특한 자다.

구파일방이나 오대세가라는 든든한 기반 없이 실력만으로 위명을 쌓았고, 또 맹주직에 오른 이후 순탄하게 무림맹을 운

영하는 자다. 그런 그가 이번 일 때문에 이자를 보낸 모양이다.

하지만 백발마랑이 묻고 싶었던 것은 그게 아니었던 모양이다.

"네 이름이 뭐냐고 물은 것이다."

"아, 적월이라고 합니다."

"들어 본 적이 없는데…… 실력이 제법이구나. 그래서 우금명이 네게 뭘 시키더냐."

"두 분을 막으라고 하더군요."

"혼자?"

"예. 싸우지 않고 끝낼 수 있으면 그것이 상책, 하지만 이야기가 잘되지 않아 최악의 상황이 된다면 제 판단대로 하라고 명받았습니다."

적월의 말에 백발마랑은 헛웃음을 흘렸.

보통 실력이 아닌 건 인정한다. 하지만 도대체 이해가 가지 않는다. 우금명은 무슨 생각으로 이자 하나를 보낸 것인가?

정말 한 명으로 자신 둘을 막을 생각이지는 않을 거라 백발마랑은 그리 생각했다.

적월이 힐끔 뒤에 앉아 자신을 기다리는 설화와 몽우를 바라봤다. 그리고는 쌍귀를 바라보며 말했다.

"좋게 끝내실 생각은 없으신 것 같은데요."

"물론이다."

"그렇다면 더 이야기 나눌 게 뭐 있겠습니까."

적월은 허리춤에 달려 있던 요란도를 꺼내 들었다. 애초부터 자신이 나선다 하여 이들이 물러설 거라 생각하지 않았다. 상대는 우내이십삼성이다. 그런 그들이 누군가의 말을 듣고 바로 물러난다는 것이 상상이나 가겠는가.

적월은 곧바로 요란도에 내력을 불어 넣었다.

섬서지부에서 만났던 매화검수들이나 목단후, 모두 마음에 들지 않았지만 그렇다 하여 피해를 방관하고 있을 입장이 아니라 나섰다.

길게 끌 생각이 없는 탓에 적월은 자신의 힘을 마음껏 사방으로 분출했다.

후우우웅!

겨울의 찬 바람과 뒤섞여 적월의 기운이 주변으로 퍼져 나갔다. 그 기운을 마주하는 순간 쌍귀의 표정이 굳어졌다.

심후한 공력으로 자신들의 기운을 상쇄시킬 때부터 보통은 아닐 거라 생각했다. 하지만 지금 느껴지는 이 내공은 자신들을 웃돈다.

홍안사심이 다급히 주변으로 손을 휘휘 젓기 시작했다. 허공을 맴도는 손끝에서 새하얀 기운이 넘실거렸다.

십단지(十斷指).

이름만큼이나 그 위력 또한 단순명료한 지공이다.

모든 걸 잘라 버리는 이 지공은 홍안사심이 자랑하는 독문무공 중 하나였다.

홍안사심이 단번에 지공을 쏟아 냈다.

파앙!

날아드는 지공을 본 섬서지부 무인들의 안색이 파리하니 변했다. 대체 저것이 무엇이란 말인가. 열 개에 달하는 지공을 한 번에 쏟아 내는데도 불구하고 그 하나하나가 흡사 강기를 연상케 할 정도로 크고 강인하다.

인간이 단번에 쏟아 내는 것 자체가 놀라울 정도의 무공이다.

적월이 발의 위치를 바꿨다.

신체의 균형을 앞으로 무너트리며 요란도를 비스듬히 세웠다. 요란도 주변을 돌고 있던 기운이 그대로 방출되며 위로 솟구쳤다.

파악!

날아드는 지공을 향해 적월이 요란도를 휘둘렀다.

그리고 두 개의 힘이 충돌하는 그 순간 지공의 방향이 비틀렸다.

가볍게 지공을 위로 밀어낸 적월이 그대로 달려들었다. 이 정도의 힘을 쏟아 내고 아주 잠시의 틈도 없이 거리를 좁혀

온 것이다.

산마저 부술 수 있다 호언장담해 온 십단지가 너무나 쉽게 막히자 홍안사심은 반쯤 넋이 나가 있는 상태였다. 그러던 차에 적월이 치고 들어오자 그는 황급히 뒤로 움직였다.

하지만 적월의 요란도는 홍안사심을 놓치지 않았다.

슈욱!

가슴을 쪼갤 듯 날아오는 요란도. 그때 그 둘 사이를 막아낸 것은 백발마랑의 검이었다.

차앙.

백발마랑의 검 덕분에 간신히 뒤로 물러나는 데 성공한 홍안사심의 얼굴이 새빨갛게 변했다.

"이이이!"

분한 것은 홍안사심만이 아니었다.

뭔가 위험하다는 생각에 다급히 검을 휘둘렀던 백발마랑 또한 표정이 좋지 않다. 얼떨결에 이 싸움에 자신도 개입해 버렸다. 이 이후에 홍안사심 혼자서 상대를 이긴다 해도 둘이 협공을 한 것처럼 되지 않겠는가.

하지만 그런 것을 계산하기에 방금 전의 상황은 너무나 위급했다.

"마랑! 나서지 마!"

"……"

분한 듯 외치는 홍안사심의 말에 백발마랑은 아무런 말도 하지 못했다.

그런 둘을 바라보며 적월은 아무렇지 않게 요란도를 휘두르기 시작했다. 허공을 향해 휘저어지는 요란도 끝에 점점 검붉은 기운이 몰려들었다.

쿠우우!

주변의 공기가 급속도로 빨려 들어간다.

쌍귀뿐만이 아니라 주변에 있는 모두가 온몸의 털이 곤두서는 느낌을 받아야만 했다.

멈춰 버린 요란도, 하지만 그 도를 감싸고 있는 강맹한 기운이 사라지지 않았다. 도를 감싼 기운은 너무나 커, 바라보는 것만으로 오금을 저리게 만들었다.

홍안사심이 잔뜩 긴장한 표정으로 주먹에 내력을 끌어모았다.

망설일 것도 없었다.

저런 자를 상대로 어중간한 힘으로 대적하는 건 불가능하다. 주먹에 단번에 강기가 몰려들었다. 팔뚝이 꿈틀거리며 강기에 휩싸이는 손만 유독 두꺼워진다는 느낌을 풍겼다.

전신의 핏줄이 터질 듯이 팽창한다.

쿠웅!

권강이 미친 듯이 휘몰아친다.

바로 그때 잠잠했던 반대편 손 또한 반응하기 시작했다.

"맙소사."

보고만 있던 목단후는 자신도 모르게 중얼거렸다.

저런 괴물 같은 권강을 양손에 제각기 만들어 버린 것이다. 그것도 움직이는 기의 방향이 전혀 다르다. 한마디로 별개로 이루어진 두 개의 권강이 생성되었다고 보면 될 것이다.

주변에 너저분하게 떨어져 있던 바람을 막던 천들이 그 기운을 버텨 내지 못하고 빨려 들어갔다. 그리고 권강의 영역에 이르자 그 천들은 먼지가 되어 사라졌다.

두두두두.

강렬한 기운에 주변의 땅이 반응했다.

두 개의 권강이 휘몰아쳤다.

회오리가 적월을 뒤덮기 위해 날아들었다. 그리고 그런 두 개의 기운을 앞에 두고 적월은 요란도를 움직였다.

적월에게도 우내이십삼성은 그리 만만한 상대가 아니었다. 하지만 그것은 내공만을 사용했을 때의 이야기다. 요력을 아주 조금이라도 사용한다면 이야기는 달라진다.

눈에 띄게 사용할 수 없지만 혼전 속에서 적월은 미약하게나마 요력을 움직였다.

요력이 요란도를 뒤덮은 내공을 보호하듯 감싸며 그 힘을 몇 배로 증가시켰다. 그리고 바로 그 순간 두 개의 힘이 충돌

쌍귀(雙鬼) 217

했다.

승부는 단번에 판가름 났다.

모두가 정면으로 달려드는 적월을 보며 기겁했다.

하지만…….

쾅!

힘이 충돌하는 순간 권강을 내뻗었던 홍안사심이 버텨 내지 못하고 그대로 날아가 버렸다. 제아무리 우내이십삼성이라 할지라도 요력은 인간이 쉽사리 버텨 낼 수 있는 힘이 아니었다.

자신이 쏟아 냈던 권강을 그대로 돌려받으며 홍안사심의 몸은 단번에 넝마가 되어 버렸다.

핏줄들이 터져 버리면서 피를 토해 냈고, 말로 형용하기 힘들 정도의 심한 내상을 입은 것이다. 강대한 무공을 쓰는 데에는 그만한 반탄 작용이 있기 마련이다. 그것을 그대로 몸으로 받아 버렸으니 그 충격이 어떻겠는가.

"형!"

백발마랑이 황급히 쓰러진 홍안사심을 향해 달려갔다. 전신이 피범벅인 채로 홍안사심은 억지로 자리에서 일어났다.

"으으."

몸 상태는 최악이었지만 눈동자는 죽지 않았다.

그가 억지로 내력을 끌어모으려다가 피를 토했다.

"쿨럭, 쿨럭."

이미 싸울 몸 상태가 아님을 알면서도 홍안사심은 포기하지 않았다. 안 되면 맨주먹으로라도 덤빌 기세로 그가 억지로 발을 옮겼다.

그러자 옆으로 다가온 백발마랑이 황급히 그를 저지하며 말했다.

"무리야!"

"젠장! 나도 알아!"

홍안사심이 버럭 소리쳤다.

어찌 자신의 몸 상태 하나 모르겠는가. 다만 너무 쉽게 패해 버린 지금의 상황을 믿고 싶지 않을 뿐이다.

무림에는 수많은 기인이사들이 존재한다.

하지만 그렇다 한들 이렇게 단 한 번에 패해 나뒹굴고 있는 자신의 모습을 어찌 받아들여야 한단 말인가.

자신에게 기대 간신히 몸을 지탱하고 있는 홍안사심을 바라보는 백발마랑의 눈빛은 복잡했다.

심한 내상을 입은 게 분명하다. 이대로 두다가는 최악의 경우 다시는 무공을 사용하지 못하는 신세가 될지도 모른다.

하지만 홍안사심을 단번에 보낸 저런 자를 상대로 자신이 이길 수 있을까?

망설일 시간이 없다.

백발마랑은 힘겹게 검을 들어 올렸다.

어떻게든 이겨야 이곳에서 나갈 수 있다.

그리고 그때 적월이 입을 열었다.

"여기까지 하지요."

"……뭐?"

"애초부터 죽이려고 싸운 게 아닙니다. 제가 받은 명령은 그쪽에게서 섬서지부를 지키라는 것뿐이니까요."

"그들은 섬서지부에 들어와 매화검수들을……!"

멍하니 보고 있던 목단후가 황급히 소리쳤다.

이곳에 들어와 매화검수들을 죽였다. 그런 이상 그냥 보내고 싶은 생각이 없었다. 방금 전까지만 해도 두려움에 떨었지만 적월이라는 존재의 믿을 수 없는 무력을 보는 순간 생각이 바뀌었다.

하나 적월의 생각은 달랐다.

"지부장님, 아까 말한 거 못 들었습니까? 이곳에서의 일은 제 독단대로 처리하라 맹주님께 명받았다고. 혹 싸움이 길어지면 이쪽에도 더 큰 피해가 생길지 모릅니다. 그래도 싸울까요? 그걸 떠나 만약 제가 방금 모든 내력을 써 이자를 상대할 힘이 없다면 어쩔 겁니까?"

"……"

적월의 말에 목단후는 일순 말문이 막혔다.

이곳에서 죽은 매화검수들의 복수를 하고 싶어 황급히 소리쳤지만 적월의 말대로 그럴 힘이 자신들에게는 없었다.

목단후의 입을 막아 버린 적월이 백발마랑을 바라보며 말했다.

"매화검수들이 두 어르신의 혈육을 죽였다 들었습니다. 이유야 어쨌든 간에 서로 간에 피를 보았으니 이쯤에서 그만하는 것이 좋을 듯하군요. 맹주님께서도 두 분과의 싸움을 원치 않으시니까요."

여러 가지 이유가 있어 적월은 이 싸움을 이쯤에서 종지부를 찍으려 했다.

굳이 이들을 죽여야 할 이유도 없었고, 실제로 이들 쌍귀와 적월은 전생에 조금이나마 안면이 있었다. 그런 그들을 굳이 죽여야 할 이유를 찾지 못했다.

이 싸움에서 적월이 원한 것은 바로 위명이다.

우내이십삼성을 이기고 물러나게 한 것만으로 소기의 목적은 이미 달성한 셈이다.

더군다나 혈육을 잃은 그들의 복수 또한 적월은 충분히 이해했다.

적월이 이 싸움을 끝내자 말했지만 백발마랑은 쉽사리 움직이지 못하고 있다. 그리고 적월은 그 이유를 알고 있었다.

자존심 때문이다.

쌍귀(雙鬼) 221

이렇게 물러난다는 것이 우내이십삼성이라는 그들의 입장에서는 결코 쉽지 않은 탓이다.

그걸 알았기에 적월이 말을 이었다.

"원한다면 나중에라도 다시 싸워 드리지요. 하나 그때는 섬서지부가 아닌 저를 직접 찾아오시지요. 언제라도 상대해 드리겠습니다. 그러니 지금은 물러나시는 게 좋다고 보이는군요."

적월이 홍안사심을 힐끔 쳐다보자 백발마랑은 입술을 깨물었다.

맞는 말이다.

지금 괜한 오기에 버텨 대다가는 홍안사심은 영영 폐인이 되어 버릴지도 모른다. 분했지만 백발마랑은 냉철하게 상황을 파악했다.

그가 차가운 목소리로 말했다.

"반드시…… 다시 찾아가마."

"무림맹에서 기다리지요."

"오늘의 원한, 그리고 은혜. 두 가지 모두 잊지 않으마."

분노도 치밀었지만, 그래도 상대방의 배려 덕에 여기서 끝낼 수 있었다. 그랬기에 그 두 가지 모두를 기억한다는 말을 남긴 채로 백발마랑은 홍안사심을 들쳐 업고 몸을 돌렸다.

그가 그대로 경공술을 펼쳐 섬서지부를 박차고 날아올랐

다.

 섬서지부의 모두의 시선이 적월의 일거수일투족에 집중됐다. 그리고 그런 적월을 바라보는 목단후는 안절부절못하고 있었다.

 당연하다. 우내이십삼성의 쌍귀를 잔부상 하나 없이 쓰러트리는 괴물을 여태까지 그토록 무시하며 없는 사람 취급 했다.

 모두의 시선을 알면서도 적월은 아무런 일도 없었다는 듯이 천천히 몸을 돌려 일행이 기다리고 있는 탁자로 걸어갔다.

 적월이 자리에 걸터앉았다.

 "여기요."

 설화가 흩날리는 흙을 막기 위해 가려 두었던 잔을 적월에게 건넸다. 그러자 적월이 그 잔을 받아들고는 아무렇지 않게 술을 들이켰다.

 세 사람의 아무렇지 않다는 듯 이어지는 술자리를 섬서지부 무인들은 멍하니 바라만 보고 있었다.

第八章
중요한 임무

회수해야겠어

"적 소협, 밤은 평안하셨는지요?"

"……."

적월은 자신의 방에 찾아와 친절하게 인사를 하는 목단후를 그저 물끄러미 바라봤다. 어제 쌍귀 중 일인인 홍안사심을 홀로 쓰러트린 이후 적월 일행을 대하는 섬서지부 사람들의 태도가 급속도로 변해 버렸다.

무시하기 일쑤였던 목단후는 싸움이 끝나자 황급히 적월 일행이 머무는 방부터 바꿔 주려 했다.

이제 와서 방을 옮기는 것이 귀찮아 그냥 쓰는 방을 그대로 쓰겠다고 하자 때에 맞춰 시비들이 식사와 물을 데워 가져다주었다.

갑작스레 변한 태도의 이유를 잘 알았기에 적월 또한 느긋이 의자에 기댄 채로 말했다.

"무슨 일이십니까?"

"잠깐 앉아도 되겠습니까?"

"물론입니다."

말투까지 공손하게 변한 목단후를 바라보며 적월이 고개를 끄덕였다. 자리에 앉은 목단후가 애써 미소를 지어 보이며 말했다.

"제가 초반에 귀빈을 몰라 뵙고 결례를 범한 것 같아 이렇게 찾아뵈었습니다."

"아닙니다. 누구라도 오해했겠지요."

적월이 시큰둥하니 대답했다.

하지만 말이라도 그렇게 해 주자 그나마 나았는지 목단후가 황급히 말을 이어 나갔다.

"솔직히 두 눈으로 보고도 믿기 힘든 일 아닙니까? 이토록 젊으신 분을 우내이십삼성과 상대하라고 보내다니…… 처음 젊은 세 분이 오신 걸 보고 맹주님께서 저희들에게 전혀 신경 쓰지 않는 것으로 알고 섭섭해서 더욱 그랬던 것 같습니다. 이 기회에 다시 사죄드리지요."

"별로 신경 안 쓰고 있었으니 이렇게 사과하실 필요 없습니다."

애초부터 이 사내에게 어찌 보이던 적월에게는 중요한 일이 아니다. 대충 사과도 받았으니 이야기를 끝내려고 할 때였다.

끼익.

닫혔던 문이 슬쩍 열리며 찬 기운이 안으로 몰려들었다. 그것을 느낀 목단후가 고개를 뒤로 돌리며 고개를 갸웃했다.

"음?"

적월이 자리에서 벌떡 일어나 문가로 다가갔다.

적월의 눈에는 방 안으로 들어온 요마 풍천이 보였지만 목단후에게는 아니었다. 목단후의 눈에는 그냥 문이 열린 것처럼 보일 수밖에 없었다.

잠시 주변을 둘러보았지만 아무런 기척도 느껴지지 않는다.

목단후가 다시금 미안하다는 표정을 지으며 말했다.

"이곳이 하도 오래돼서 바람 때문에 문이 열린 모양입니다. 이런 곳에서 지내게 해 드려서 죄송스럽군요."

"아닙니다. 그냥 편안하게 지냈습니다. 그보다 제가 잠시 마무리할 일이 있어서 그러는데……."

"아! 제가 시간을 너무 끌었군요. 그럼 이만 가 보겠습니다. 괜찮으시다면 떠나기 전에 식사라도 한번 대접하고 싶군요."

"뭐, 시간이 된다면 그러죠."

"알겠습니다. 그럼 쉬시지요."

목단후가 그 말을 마치고 방을 빠져나갔다.

그리고 그가 사라지고 조금의 시간이 지난 후에야 적월이 입을 열었다.

"아침부터 어딜 갔다 온 거야? 설화에게 간 것도 아닌 것 같은데. 그리고 옆에 있는 녀석은 뭐야?"

적월의 말에 탁자 아래에서 잠시 숨을 고르고 있던 풍천이 걸어 나왔다. 풍천의 옆에는 그와 마찬가지로 무릎까지밖에 오지 않는 조그마한 요마가 함께하고 있었다.

방금 전 문이 열리며 풍천과 이 요마가 함께 나타났다. 그랬기에 적월은 더 서둘러 목단후를 이곳에서 돌려보낸 것이기도 했다.

적월이 그 요마를 바라보고 있을 때 풍천이 말했다.

"두목, 염라대왕님께서 급히 연락을 취하고 싶어 하신답니다."

"그래?"

그제야 적월은 다른 요마가 나타난 이유를 알아차렸다. 예전처럼 염라대왕이 이 요마의 몸을 빌려 적월과 대화를 나누려는 게 분명했다.

적월은 우선 문을 굳게 걸어 잠그고는 침상에 걸터앉았다.

적월이 다른 요마에게 말했다.

"됐어. 시작해."

"옙."

요마는 먼저 적월 앞에서 무릎을 꿇으며 예를 갖추고는 눈을 감았다. 요마의 몸 주변으로 붉은 요기가 연기처럼 피어오르다가 사라졌다.

요마가 눈을 떴다.

변해 버린 눈동자, 이미 몇 차례 이런 식으로 접선해 본 적이 있기에 그다지 놀랍지도 않다.

적월이 입을 열었다.

"오랜만이군요."

"그래, 건강해 보이는구나."

요마의 몸을 빌려 적월과 대화를 시작한 염라대왕이 바로 말을 이어 나갔다.

"이번에 아주 큰일을 해냈어. 네가 잘 해낼지 반신반의했는데…… 내 선택이 틀리지 않은 것 같군."

"아아."

수십 명의 명객과 혈왕의 수족 중 하나인 지주를 제거한 일을 말하는 것일 게다. 적월이 고개를 끄덕이다가 물었다.

"그런데 고작 그 칭찬을 하려고 절 만나려고 한 건 아니실 테고…… 하실 말이 뭡니까?"

"그래, 이렇게 대화를 유지하는 것도 쉬운 일이 아니니 바로 본론으로 들어가지. 얼마 전에 지혈석을 얻었다는 말을 들었다. 사실이냐?"

적월은 대답 대신 품속으로 손을 넣어 전낭 주머니를 꺼냈다. 그리고는 그 안에 넣어 두었던 지혈석을 꺼내 요마 앞에 비췄다.

적월의 손가락 끝에 잡힌 지혈석을 확인하자 염라대왕이 표정을 구겼다.

그리고 그 지혈석을 꺼내 들자 풍천 또한 부들부들 떨기 시작했다. 그 모습을 의아하게 바라보고 있을 때였다. 염라대왕이 말했다.

"지혈석에 요마가 반응하는 것이다. 우선 보이지 않게 넣도록 해라."

"그러죠."

적월이 다시금 전낭 안에 지혈석을 감추자 그제야 떨고 있던 풍천이 안정을 되찾아 갔다. 대체 이게 무슨 일이냐는 듯이 적월이 염라대왕을 바라보자 그가 이 상황에 대해 설명했다.

"지혈석은 요기가 약한 하급 요마들이 만지는 것만으로도 그들을 사라지게 만드는 위험한 물건이거든."

적월은 그제야 이해가 간다는 듯이 고개를 끄덕였다. 이 조그마한 보석이 생각보다도 위험한 물건인 듯싶다.

풍천이 떠는 이유를 설명했던 염라대왕이 이내 탄식하듯 말했다.

"지혈석을 명객들의 왕이 원하고 있다 했더냐?"

"수하들에게 이걸 운반시키려 했으니 그리 생각하는 게 맞을 거라고 보이는군요."

"……."

염라대왕은 잠시 침묵했다.

무엇인가 깊은 고민에 잠겨 있는 듯한 눈초리.

하지만 고민은 길지 않았다. 이렇게 적월과 대화를 나눌 수 있는 시간은 한정적이다. 그러했기에 우선은 서로 간에 해야 할 대화가 먼저다.

염라대왕이 침묵을 깨며 입을 열었다.

"아무래도 그 물건을 이승에 두어서는 안 되겠구나."

"그러면 뭐 어쩌라는 겁니까?"

"처음부터 명부의 물건, 다시 회수해야겠지."

"회수요?"

"그래. 지혈석을 놈들이 노린다는 걸 알게 된 이상 이 물건을 다시금 명부의 세계로 돌려놔야겠구나."

적월은 염라대왕의 눈을 물끄러미 바라봤다.

염라대왕이 말했다.

"저승과 이승을 잇는 지옥문이 하나 있다. 너도 알고 있겠지?"

"전에 들었으니까 대충 압니다."

저승과 이승을 잇는 하나의 문, 요력이 강한 요마들은 드나들 수 없는 곳이다. 하급 요마들이나 드나드는 출구와도 같은 그곳을 말하는 것일 게다.

"지옥문으로 오너라. 와서 지혈석을 지옥문을 통해 명부의 세계로 돌려보내라."

"그게 됩니까? 이 지혈석은 요기의 덩어리라면서요?"

"그 지혈석에서 요기가 느껴지느냐?"

적월이 고개를 저었다.

처음 이 물건을 접했을 때부터 신비로운 빛을 뿜어내기만 했을 뿐 전혀 요기를 느끼지 못했다. 그랬기에 그것이 명부와 관련되었다는 것도 몽우에게 들어 알지 않았던가.

더군다나 만약 지혈석에서 요기가 뿜어졌다면 그것을 읽을 수 있는 명객들이 이 물건을 찾는 데 오랜 시간이 걸리지도 않았을 게다.

염라대왕이 말했다.

"그래, 그놈은 요기의 덩어리지만 그 어떠한 요기도 지니지 않았다. 여러 가지가 뒤섞인 탓에 덩어리가 된 것뿐이지 실질적으로 지혈석이 풍기는 요기는 보통 하급 요마에게서 느낄 법한 요기의 천분지 일도 되지 않지. 그런 물건이니 지옥문을 아무 문제 없이 통과할 수 있을 것이다."

"그래서 지금 저보고 지옥문을 찾아가 이걸 던져 넣으라고 하시는 겁니까?"

"그렇다."

적월은 턱을 만지작거렸다.

이승과 저승이 연결된 하나의 통로인 지옥문. 그것이 어디에 열렸단 말인가. 그나마 중원이면 멀어도 그러려니 하겠지만 혹여나 서역이나 이런 곳이라면 지금 명객을 잡는 임무를 하고 있는 적월에게도 부담스러운 일이다.

굳이 이런 물건 하나 때문에 어딘가를 가야 하나 싶어 적월이 귀찮다는 듯이 물었다.

"꼭 제가 해야 됩니까?"

그 말에 염라대왕이 웃으며 말했다.

"그럼 네가 아니면 누가 하느냐?"

"그야 여기 있는 요마도……."

말을 하던 적월이 이내 입을 닫았다.

방금 전에 들었던 말처럼 지혈석은 하급 요마들에게 위험한 물건이다. 그렇다면 요마가 아닌 인간이 직접 운반해야 한다는 소리인데, 명부와 관련된 일을 해낼 인간이 누가 있겠는가?

적월이 한숨을 내쉬며 물었다.

"지옥문은 어디에 있습니까?"

"고정되어 있지 않다."

"그게 무슨 말입니까?"

"지옥문이 열리는 시간은 하루 중 일각에 불과하다. 그리고 그 장소 또한 계속해서 변화하지."

"그래서 어디로 가라는 겁니까?"

염라대왕이 곰곰이 생각하더니 이내 입을 열었다.

"무작정 지옥문이 열릴 곳으로 가는 건 시간도 걸리고 맞추기도 힘든 일이니 무리고…… 차라리 내가 네가 도착할 시간에 맞춰 지옥문을 그곳에 열어 주마."

"그게 가능하면 지금 이곳에서 열어 주면 되는 거 아닙니까?"

"지옥문이 무슨 개집 입구처럼 뚝딱하면 만들 수 있는 곳인 줄 아느냐, 이놈. 지옥문을 열기 위해서는 여러 가지 지형적 조건과 균형이 필요하다. 이곳에서 가장 가까운 곳이라면…… 하남성 천중산(天中山)이겠구나."

귀찮기는 했지만 염라대왕의 말대로 적월밖에 할 수 없는 일이다. 그리고 다행히도 거리 또한 그리 멀지는 않았기에 적월은 고개를 끄덕였다.

"귀찮긴 하지만 할 사람이 없는 것 같으니 어쩔 수 없군요."

"좋아. 정확한 시간과 날짜는 천중산 근처에 간 이후에 요마를 통해 또다시 잡아 보도록 하지."

"그러죠."

"아주 중요한 일이다. 잘 부탁하지."

말을 마친 염라대왕은 천천히 눈을 감았다.

적월 또한 대화가 끝났다 생각하여 자리에서 일어나려고 하는 바로 그때였다.

염라대왕이 갑자기 눈을 부릅떴다.

"아 참, 하나 묻고 싶은 게 있었는데."

"뭡니까?"

자리에서 일어나던 적월이 다시금 침상에 걸터앉으며 물었다. 염라대왕이 그런 적월을 바라보며 의아스럽다는 듯이 물었다.

"지혈석에 대해 어떻게 알았느냐?"

"그거야……."

몽우에게 들었던 일이지만 그는 명객이다. 염라대왕에게는 아직까지도 명객과 동행하고 있다는 사실을 알리지 않았다.

풍천에게 또한 함구하라 시켰기에 염라대왕은 그 사실을 모르고 있었다.

적월이 풍천을 가리키며 말했다.

"이 녀석에게 들었죠. 왜요?"

"그래?"

뭔가 이상하다는 듯한 염라대왕의 표정을 보고 적월은 황급히 자리에서 일어났다. 저 능구렁이 같은 작자와 오래 이야기했다가는 뭔가 이상하다 생각할지 모른다 생각했기 때문이다.

적월이 자리에서 일어난 채로 말했다.

"그럼 서둘러야 해서 이만 가 보죠."

말을 마친 적월이 문가로 걸어갈 때였다.

염라대왕이 이상하다는 듯이 고개를 갸웃거리며 풍천을 바라봤다.

"흐음 이상한데……."

솔직히 말하라는 듯한 염라대왕의 시선에 풍천은 땀을 삐질삐질 흘렸다. 그리고 그때 적월이 풍천을 바라보며 소리쳤다.

"풍천! 갈 채비 하게 너도 따라와!"

"예, 예! 두목!"

말을 마친 풍천이 황급히 염라대왕에게 고개를 숙이고는 적월을 뒤따라 달려 나갔다.

염라대왕이 있는 방에서 서둘러 빠져나온 적월은 우선 설화와 몽우의 방을 찾아갔다. 적월은 그들에게 당장 이곳 섬서지부를 떠날 채비를 하라고 말했다.

내일 즈음에 떠나기로 이미 이야기가 되어 있던 상황이었던지라 갑작스러운 상황에 그들은 의아스러운 표정을 지어 보였다.

설화는 묵묵히 고개를 끄덕였지만 몽우는 조금 달랐다. 그가 궁금하다는 듯이 물었다.

"뭐야? 무슨 일인데?"

"잠깐 들를 곳이 생겨서 그러니까 어서 준비해. 이각 안에 떠날 테니까."

말을 마친 적월이 휑하니 방을 빠져나갔다.

염라대왕을 피하기 위해 얼결에 적월과 같이 움직이고 있던 풍천이 그제야 조심스럽게 말했다.

"두목, 이제 염라대왕께서 가셨을 것 같은데 방에 있던 요마와 만나 다음 연락에 대해 이야기해 봐야 할 것 같습니다."

"그렇게 해."

"근데…… 대왕님께 말 안 하실 생각이세요?"

"뭐? 몽우에 대해서?"

"네. 아무리 생각해 봐도 명객과 함께하는 건……."

풍천의 목소리에는 불안감이 어려 있었다.

처음부터 반대했고, 지금도 그 생각은 변하지 않았다. 그런 풍천의 걱정을 적월 또한 모르는 바가 아니다. 실제로 적월 또한 처음 몽우와 만났을 때는 잠시만 이용하다가 떨어질 생각이었다.

하지만 상황이 점점 그렇게 되기 힘들게 흐르고 있다는 게 문제다.

얼마나 도움이 될까 싶었던 몽우에게서 일전에도 큰 도움을 받았다. 몽우가 없었다면 적월은 지주를 상대하기 위해 천왕문을 열어야만 했다.

언제고 뒤통수를 칠 수 있는 자라 생각하고 주의했지만…… 오히려 항상 위험한 상황에 도움을 주는 것이 그였다. 정말 몽우가 더러운 꿍꿍이가 있었다면 이미 드러낼 법한 상황은 수도 없이 있었다.

이 위험한 지혈석이라는 물건을 손에 넣을 수 있었던 것 또한 몽우 덕분이 아니던가. 지혈석은 혈왕이 애타게 원하는 물건이라 들었다.

만약 그가 단순한 명객이었다면 이건 있을 수 없는 일이었을 것이다.

자신에 대한 이야기는 잠시만 기다려 달라 말하던 몽우의 표정이 기억난다.

몽우를 믿는다.

하지만 전부를 믿을 수는 없다.

수하를 믿다가 배신을 당했던 전생의 기억 때문이다. 그랬기에 적월은 이번 염라대왕의 임무에 대해서도 몽우에게 입 하나 뻥끗하지 않은 것이다.

적월이 손가락으로 풍천의 뒷머리를 살짝 밀며 말했다.

"그건 내가 고민할 테니 넌 가서 확실하게 이야기나 해 놔."

"예, 두목!"

고개를 끄덕인 풍천은 황급히 적월의 거처로 짧은 다리를 분주히 움직이며 달려 나갔다.

풍천이 방에 도착했을 때 예상대로 안에는 요마가 기다리고 있었다. 비슷한 크기의 요마 둘이 마주 선 채로 이야기를 시작했다.

풍천이 허리에 양손을 얹은 채로 입을 열었다.

"천중산으로 빠르게 가야 하니 미리 하남성에 있는 요마들에게 연락 좀 해 줘. 내가 최대한 흔적을 남기면서 갈게."

"얼마쯤 걸릴 것 같은데?"

"두목 성격상 쉬지 않고 달려 댈 테니…… 열흘보다 살짝 더 걸릴 거야."

두목이라는 단어에 유난히 힘을 실어 말하는 풍천을 다른 요마가 부럽다는 듯이 말했다.

"좋겠다. 지옥왕님의 눈에도 들고."

"히히, 운이 좋았지, 뭐."

명부의 세계에서 염라대왕 다음이라 불러도 손색이 없는 지옥왕의 측근이 된 것을 요마는 무척이나 부러워하는 눈치였다. 그리고 그러한 사실에 뿌듯한 듯이 풍천은 실없이 웃어댔다.

더 자랑하고 싶은 것들은 많았지만 시간이 없다.

풍천이 요마를 보며 말했다.

"어쨌든 서둘러 줘. 이번 임무는 무척이나 중요하니까. 아마 틀어지면 우리 둘 정도의 목은 아마도 단번에……."

손가락으로 목을 긋는 시늉을 하는 풍천을 보며 요마가 떨떠름한 얼굴로 답했다.

"그래. 지혈석과 관련된 일이니 너도 조심해. 지옥문을 통해 그걸 없앨 때까지 안심하지 말고."

지혈석이라는 단어를 입에 담는 것조차 두려웠는지 요마는 표정을 구겼다. 그리고는 풍천과 함께 자그맣게 뭔가를 속닥거리며 방을 빠져나갔다.

둘이 사라지고 나서 얼마 지나지 않았을 무렵…….

창문을 통해 누군가의 얼굴이 슬쩍 모습을 비쳤다.

그 얼굴의 주인공은 다름 아닌 몽우였다.

항상 웃고 지내는 몽우의 얼굴 표정이 평소와는 달랐다. 진중한 표정으로 방 안을 바라보는 그가 나지막이 중얼거렸다.

"지혈석을 지옥문으로……?"

몽우의 표정이 딱딱하게 굳어 가기 시작했다.

이건 몽우가 예상했던 일이 아니다.

* * *

떠날 채비를 하라고 한 지 정말 일각 정도가 지난 후에 일행은 섬서지부를 빠져나왔다.

아쉽다는 듯이 잡는 목단후를 뒤로한 채로 섬서지부를 빠져나온 그들은 제각기 말에 올라탄 채로 움직이고 있었다.

일행은 말없이 움직이고 있었지만 제각기 뭔가를 골똘히 생각하는 듯했다.

몽우는 멍하니 말 위에 몸을 얹힌 채로 무엇을 고민하고 있었고, 설화는 지금 나아가는 방향에 대해 의문을 품고 있던 것이다.

급히 떠나자는 말에 아무런 것도 묻지 않았었지만 가는 방향이 틀리다.

무림맹이 있는 장사는 남쪽으로 가야 하는데 지금 적월이 향하는 곳은 동쪽 방향이다. 그리고 그런 궁금증에 대해 물을 기회를 잡은 것은 하루 종일 말을 달린 후였다.

"워워."

지친 말도 쉬게 할 겸 잠을 자기 위해 일행들이 멈춰 섰다. 급히 움직이는 통에 마을들이 있는 길과는 거리가 먼 소로를 따라 움직였다. 덕분에 오늘도 바깥에서 찬 바람을 맞으며 잠을 청해야 할 입장이었다.

설화가 적월에게 다가와 물었다.

"길이 틀린 거 아니에요? 이쪽은 동쪽인데……."

"맞아, 동쪽으로 가고 있어."

준비해 온 물로 입을 축이며 적월이 대답했다.

대수롭지 않다는 듯 말했지만 그 이야기에 설화가 의아스럽다는 표정으로 그를 바라봤다. 굳이 먼 길을 돌아서 무림맹으로 갈 필요가 없었던 탓이다.

그런 시선 때문일까?

"무림맹으로 가기 전에 잠시 들를 곳이 있어. 별일은 아니니까 자세한 건 나중에 이야기해 줄게."

적월의 말에 설화는 조그맣게 고개를 끄덕였다.

그 말에서 명부나 명객들과 관련된 일일 거라는 걸 알 수 있었기 때문이다. 명부나 명객의 일이라면 설화는 그 무엇도 할 수 없는 입장이었으니까.

다급히 온 길이다 보니 먹을 만한 것도 제대로 준비했을 리가 없다. 그저 육포로 허기진 배를 대충 채우는 것이 전부였다.

 육포를 씹으며 적월이 몽우를 바라봤다.

 하루 종일 떠들어 대야 정상이거늘 오늘따라 조금 조용한 것 같다. 넋이 나간 듯 앉아서 육포를 먹고 있는 몽우를 바라보던 적월이 입을 열었다.

 "뭘 그리 생각해?"

 적월의 말에 몽우가 고개를 들어 그를 바라봤다.

 그리고는 이내 원래의 활기찬 표정을 지어 보이고는 옆구리를 만지작거리며 입을 열었다.

 "날이 추워져서 요새 옆구리가 시려서 말이야. 따뜻한 방바닥에 앉아 아리따운 여인 하나 끼고 재미있게 놀아 보면 좋겠다, 이 생각 하고 있었지. 왜? 구미가 좀 당기나, 둘도?"

 몽우가 짓궂은 시선으로 둘을 바라보자 설화가 고개를 돌리며 가볍게 말을 내뱉었다.

 "됐습니다, 전."

 "어허, 설 소협. 사내라면 무릇……."

 "시끄러워. 뭔 고민이 있나 했더니만 시답지 않은 소리만 해 대는 걸 보니 멀쩡한가 보네. 잠이나 자. 두 시진 정도만 눈 붙이고 다시 출발할 테니까."

 말을 마친 적월은 그대로 자리에 누워 버렸다.

 그리고 마찬가지로 설화 또한 길게 이야기 듣고 싶지 않다는 듯이 불가 근처로 자리했다. 그런 둘을 안타깝다는 듯이 바라보며 혀를 차던 몽우였지만 그 또한 이내 마찬가지로 눈을 붙이기 위해 드러누웠다.

그렇게 시간이 흘렀다.

약 반 시진가량이 흘렀을 무렵 자리에 누웠던 몽우가 부스스 일어났다.

약해진 불씨 탓이다.

몽우는 준비해 둔 장작들을 다시금 불 속에 욱여넣었다. 덕분에 약해지려던 불씨가 다시금 활활 타오르기 시작했다.

몽우는 불쏘시개로 몇 번 쑤셔 대며 불기운을 강하게 만들고는 양 무릎을 모은 채로 턱을 괴고 앉았다.

타닥 타닥.

조그마한 불씨가 사방으로 날린다.

그리고 그런 불씨의 모습을 몽우는 말없이 바라봤다. 뭔가 비어 버린 듯한 눈동자 속에는 수많은 생각들이 오고 간다.

몽우는 그 상태로 한참을 앉아 있었다.

오늘 말을 타고 오면서도 계속해 온 고민이다.

답은 있는데 결단을 내리는 게 쉽지 않다.

몽우 자신의 애초의 목적을 생각한다면 너무나 단순한 답이 아니던가. 그런데 왜 이토록 망설여지는 것일까?

몽우의 시선이 자고 있는 적월에게로 향했다.

"음……."
마음이 흔들린다.
하지만.
몽우가 눈을 꾹 감았다. 그리고 아주 잠시 후 굳게 감았던 눈을 뜨며 천천히 자리에서 일어났다.
기척이 느껴지지 않을 정도로 은밀하니 말이다.
자리에서 일어난 몽우가 어딘가를 향해 터벅터벅 걸어 나가기 시작했다. 주변의 그 모든 것들이 몽우를 스쳐 지나가는 듯한 느낌이다.
움직이고 있는데 기척도 느껴지지 않고, 존재한다는 사실조차 믿기 어려울 정도로 존재감도 느껴지지 않는다. 그렇게 몽우가 일각가량을 걸었다.
아무도 없는 수풀 사이로 들어선 몽우가 갑자기 발을 멈추어 섰다. 그가 빈 허공을 향해 말을 걸었다.
"나와."
휘익.
나뭇잎처럼 신형 하나가 떨어져 내렸다.
그는 그대로 부복한 채로 몽우의 말을 기다리고 있었다. 아주 잠시 무릎을 꿇고 있는 그를 말없이 바라보던 몽우가 이내 입을 열었다.
"전에 알아보라 했던 건?"

"인주가 지옥왕을 쫓아 섬서성까지 온 상황이랍니다."
"그래?"
생각보다 빠르다.
그리고 그랬기에 이번 일에 사용할 수 있을 듯싶다.
몽우가 낮은 목소리로 말을 이었다.
"정보를 흘려. 지옥왕의 처리보다 더 급한 일이 생겼다고."
"알겠습니다. 한데 무슨 정보를……."
"지혈석. 지옥왕이 지옥문을 통해 지혈석을 이승에서 없애려 한다고 전해. 늦으면 지혈석이고 뭐고 다시는 구하지 못할 거라고."
"예, 명 받들겠습니다."
짧게 대답한 정체불명의 괴인의 몸이 위로 솟구쳤다. 그리고 이제 이 장소에는 오로지 몽우 혼자만이 서 있었다.
몽우가 조그맣게 중얼거렸다.
"지혈석이 사라지면 안 되지. 그리고 적월 네가 무너져서도 안 돼."
이 정보를 흘림으로써 몽우는 두 가지 목적을 취하려는 것이다.
첫째는 바로 지혈석이다.
지혈석이 사라지게 되면 몽우의 계획이 무너진다. 그리고 그다음 두 번째는 바로 적월의 생사다.

화가 난 혈왕이 인주에게 명객들을 움직일 힘을 줬다고 한다. 지금 상태에서 적월이 인주가 짜 놓은 함정에 빠진다면 위험해질 수도 있다.

그러했기에 소문을 흘렸다.

지혈석이 명부로 가는 것도 막고, 인주 또한 적월을 죽일 수 있을 만한 준비를 할 시간 없이 급히 이쪽으로 오게끔 말이다.

몽우는 무슨 생각을 하는지 모를 표정을 짓고 서 있었다.

명객의 편인 듯하면서도 또 그렇게 볼 수만도 없다.

그는 혈왕이 필요로 하는 지혈석을 존재시키게 하면서도 적월을 지키려 하고 있다. 도대체 몽우의 속내가 무엇일까?

그가 무엇을 진정으로 원하고 생각하고 있는지를 아는 이는 몽우 본인밖에 없다.

몽우가 몸을 돌리고는 걸어 나갔다.

수풀 사이를 벗어난 몽우가 애써 얼굴에 미소를 머금었다.

웃어야 한다.

웃어야……

第九章
천중산(天中山)

네가 해 줘야 해

 천중산(天中山)은 하남의 동쪽 끝자락에 위치한 산이다. 안휘성과 가까이 위치한 천중산은 예로부터 사람들의 발길이 많은 산이기도 했다.
 아름다운 자연경관, 또 대자연의 기운이 모이는 산이기에 도인들 또한 적지 않게 몰려들었다.
 그런 천중산의 초입에 있는 울명촌은 이름에 맞지 않게 무척이나 큰 마을이었다. 촌이라는 이름을 달고 있지만 많은 이들이 오가는 길목에 있는지라 객잔들도 크고 화려했고, 먹을거리나 볼거리들도 즐비했다.
 그런 울명촌에 도착한 적월 일행은 적당한 객잔 한 곳을 찾아 들어가서 짐을 푼 상태였다.

아직 추운 겨울임에도 불구하고 천중산을 찾은 많은 사람들 탓에 객잔에는 제법 손님이 많았다. 저녁 시간인지라 식사를 하는 도인도, 술을 마시는 자들도 뒤섞여 객잔 안은 묘한 광경을 연출하고 있었다.

적월 일행 또한 그들 사이에 섞여 객잔 구석에서 식사를 하고 있었다. 쉬지 않고 열흘 넘게 달려온 탓에 일행의 꼴은 말이 아니었다.

적월이 식사를 하다가 입을 열었다.

"오늘은 푹 쉬고 내일 오후 즈음에 움직이자."

"거의 다 왔나 봐요?"

밤늦게 도착한 마을도 아닌데 쉬고 가자며 이 울명촌에 들를 때부터 어렴풋이 예측했던 바다. 성격상 여유를 가지며 움직일 사내가 절대 아니다. 오후에 움직이자 하는 걸 보아하니 목적지가 지척인 게 분명했다.

설화의 말에 적월이 어떻게 알았냐는 듯이 바라봤다. 그러자 설화가 대수롭지 않게 대꾸했다.

"쉴 줄 모르는 사람이잖아요."

"큭큭!"

설화의 말에 가만히 밥을 먹던 몽우가 웃음을 터트렸다. 지저분하게 음식을 흘리는 몽우를 보며 적월은 멋쩍게 말했다.

"더럽게 뭐 하는 거야. 웃지 말고 밥이나 먹어."

몽우는 계속해서 실소를 입가에 머금고 밥을 먹었고, 그런 그를 적월이 불만스럽게 바라만 보고 있을 때였다.

이곳 울명촌에 오자마자 연락을 취하기 위해 사라졌던 풍천이 객잔 안으로 걸어 들어왔다. 요기를 감싼 탓에 보통 사람의 눈에는 보이지 않는 그가 조심스레 탁자 아래로 걸어 들어가 적월의 바짓가랑이를 잡아당겼다.

적월이 자리에서 일어났다.

"그럼 다들 푹 쉬고 내일들 보자고."

말을 마친 그가 풍천과 함께 객잔 방이 있는 위층으로 걸어 올라갔다. 그리고 그렇게 멀어져 가는 적월의 뒷모습을 몽우가 말없이 바라보고 있었다.

그런 몽우의 시선을 알지 못한 채 객잔 방으로 들어선 적월이 바로 의자에 걸터앉으며 말했다.

"언제래?"

"내일 해시(亥時) 초에 지옥문을 열어 주겠다고 전해 들었습니다."

"그럼 위치는 어딘데?"

"천중산 한 곳에 있는 폭포 근처라던데 정확한 위치는 머리에 담아 왔습니다."

적월은 고개를 끄덕이며 품 안에 있는 전낭 주머니를 꺼냈다. 전낭에 감싸여 있음에도 불구하고 풍천의 안색이 굳어졌다.

지혈석이라는 것이 근처에 있다는 것만으로도 항시 등골이 서늘했던 풍천이다. 그게 들어 있는 전낭 주머니를 보는 것만으로도 오금이 저린 것은 당연했다.

적월이 전낭을 든 채로 물었다.

"이걸 그냥 던져 넣으면 되는 건가?"

"정확히는 전낭에서 꺼내서 던지셔야 합니다. 그 주머니는 이승의 물건이니까요. 가능하면 이승의 물건이 명부의 세상으로 가는 건 피하는 게 낫거든요."

평소 까불거리는 듯한 모습을 보이던 풍천이 딱딱한 어투로 대답했다. 그만큼 긴장해 있는 탓이다.

그런 풍천을 보며 적월이 말했다.

"됐어. 대충 필요한 건 들었으니까 너도 나가 있어. 지혈석하고 같이 있기 힘든 모양인데 괜히 여기 있지 말고."

"감사합니다! 두목."

말을 마친 풍천이 눈에 보일 정도로 빠르게 방 밖으로 뛰쳐나갔다. 그 모습을 물끄러미 바라보던 적월은 문이 닫히고 나서야 천천히 전낭의 끈을 풀었다.

새카만 전낭을 열자 그제야 감춰져 있던 지혈석의 영롱한 빛이 주변으로 은은히 퍼져 나가기 시작했다.

적월은 지혈석을 얻었을 때의 모양 그대로인 단검 상태로 지니고 있었다.

적월이 조용히 지혈석 아래에 박혀 있는 손잡이 부분을 잡았다.

이것 또한 이승의 물건일 터.

빠악.

조금만 힘을 주자 쉽사리 손잡이가 뽑혀 나갔다. 적월은 손잡이를 방구석으로 휙 던져 버렸다. 제법 값비싸 보이는 손잡이였지만 그것이 적월의 시선을 끌 리가 없었다.

적월은 가만히 지혈석을 바라봤다.

이 말캉거리는 물건으로 혈왕은 대체 무얼 하려던 것일까?

하나 이제 그것은 아무런 상관도 없다.

이 물건은 내일이면 이승에서 사라질 테니까.

적월의 바로 옆방에 식사를 마친 몽우가 올라왔다. 방에 들어온 그는 말없이 창가로 다가가 창문을 열어젖혔다.

그가 깊게 숨을 들이마셨다.

그리고는 손을 내뻗어 아래쪽 벽면에 손을 가져다 댔다. 그곳에는 서신 하나가 붙어 있었다.

벽면에 붙어 있던 서신을 떼어 낸 몽우가 그것을 가지고 천천히 침상으로 걸어갔다.

침상에 걸터앉은 그가 서신을 펼쳤다.

인주(人主) 지척

단 한 줄의 문장. 하지만 그걸 바라보며 몽우는 고개를 끄덕였다. 고작 한 줄의 문장이었으나, 그 안에서 몽우는 많은 정보를 얻을 수 있었다. 이것이면 족하다.

자신의 계획대로 이 모든 일이 될 거라 장담할 수는 없으나…… 반쯤은 성공했다고 봐도 될 것이다.

몽우가 자리에 누운 채로 종이를 허공으로 휙 하니 집어 던졌다.

허공으로 솟구쳤던 종이가 일순 먼지로 변해 사라져 간다.

* * *

시간이 됐다.

방 안에 홀로 앉아 바깥을 살피며 얼추 시간을 헤아리던 적월이 침상에서 일어났다. 해가 뉘엿뉘엿 지기 시작한 지금이 바로 목적지로 떠나야 할 때인 것이다.

적월이 짐을 챙기고 아래로 내려가자 그곳에는 이미 먼저

나와서 기다리는 설화와 몽우가 있었다.

애초에 미리 언급을 들었기에 아래층 주방에다가 여행을 하면서 먹을 만한 음식들을 준비시켜 놨던 것이다.

계단을 내려선 적월이 입을 열었다.

"준비들 끝났어?"

"이것만 받고 가면 될 것 같아."

주방에서 건네는 육포를 마지막으로 건네받으며 몽우가 대답했다. 그가 음식들을 짐 더미에 넣고 그것을 어깨에 걸쳐 멨다.

"가자."

말을 마친 적월이 먼저 객잔을 벗어나 걷기 시작했다. 산을 이동해야 하는 통에 말이 아닌 직접 두 발로 움직여야만 했다.

천중산에 있는 지옥문으로 가, 이 지혈석이라는 물건을 처리하고 바로 남쪽으로 이동해 무림맹으로 갈 예정이었다.

세 명의 무인이 경공을 펼치며 빠르게 움직였다.

그리고 그런 적월의 발 아래쪽에서 부지런히 풍천도 움직이고 있었다.

해가 질 무렵에 시작된 산행이었다.

해가 금세 사라졌다.

거짓말처럼 밀려든 어둠, 그리고 하늘에 떠 있는 달빛이 스산하다. 인적이 드문 길을 이용해 움직이기 시작한 적월은 풍천을 따라 천중산을 오르고 있었다.

주변의 정경들이 빠르게 스쳐 지나간다.

그 정도로 이들은 바삐 움직이고 있었다.

단숨에 산을 오르던 중 지친 풍천이 잠시 발을 멈췄다. 그가 거칠게 숨을 몰아쉬며 주변을 두리번거렸다.

그런데 하필이면 멈춘 곳이 온통 무덤이 가득한 묘지였다.

"헥헥."

"벌써 다 온 거야? 폭포는 안 보이는데?"

"아뇨. 한 반 조금 더 온 것 같은데……."

풍천은 요력을 사용해 이들과 발걸음을 맞췄다. 하지만 하급 요마인 탓에 요력이 너무 작아 이 정도로 움직인 것만으로도 모든 힘을 소진한 것이다.

무덤가에서 멈춘 이유는 다름 아닌 요기를 채우기 위함이다. 묘지는 죽은 이들의 안식처다. 명부의 기운이 가장 많이 감도는 곳.

보통 장소보다 빠르게 요기를 회복하는 것이 가능하다. 그랬기에 풍천이 숨을 몰아쉬며 말했다.

"죄송한데 요기를 회복할 수 있게 조금만 쉬다 가죠."

"그러지."

적월이 고개를 끄덕였다.

아직 해시 초가 되려면 한참은 남았다. 지금 이동한 거리를 계산해 보니 여유 시간이 제법 된다.

적월 또한 대충 아무 자리에나 주저앉아 버렸다.

몽우는 주변을 두리번거리며 떨떠름한 얼굴로 중얼거렸다.

"하필이면 쉬어도 왜 묘지야."

봉긋하니 솟은 수많은 무덤들, 그리고 구름에 가려져 스산하니 느껴지는 달빛 등이 뒤섞이며 분위기는 무섭게 가라앉아 있었다.

불만스러워하면서도 대충 자리를 잡으려던 몽우의 시선이 어둠 건너편으로 향했다.

쩔그럭, 쩔그럭. 따각, 따각.

말발굽 소리와 이상한 소리가 뒤섞여 일행의 귓가에 울린다.

모두의 시선이 자연스럽게 소리의 근원지로 향했다. 그러자 이윽고 어둠 속에서 초로의 중년인 하나가 여러 마리의 말이 끄는 커다란 수레를 이끌고 모습을 드러냈다.

옷차림은 무척이나 지저분했고, 얼굴 또한 지쳐 보인다. 얼굴 깊은 곳부터 왠지 모를 죽음의 느낌이 물씬 풍기는 자였다. 갑작스레 묘지에 등장한 그 사내를 일행들이 바라보고 있을 때였다.

마찬가지로 일행을 발견한 중년인이 두 눈을 크게 뜨며 입을 열었다.

"이 늦은 밤에 누구요?"

"지나가는 사람들인데…… 그걸 묻는 그쪽은 누굽니까?"

몽우가 자리에서 일어나며 물었다.

중년 사내는 여전히 의심스럽다는 얼굴로 일행을 바라보며 말했다.

"나는 이 무덤을 관리하는 묘지기요. 정말 지나가는 사람들 맞소? 무덤을 파헤쳐 대는 도굴꾼 같아 보이지는 않소만……"

"잠시 지나가는 길에 쉬는 거니 그런 의심하지 않으셔도 됩니다."

"그럼 됐소."

퉁명스레 말을 내뱉은 묘지기는 일행을 향해 천천히 수레를 이끌고 다가왔다. 거리가 좁혀지자 수레에 실린 것이 무엇인지도 확인되었다.

시체다.

상체는 가려져 있었지만 거적때기 사이로 삐져나온 발을 보고 확신할 수 있었다. 수십 구의 시체를 이끌고 묘지기가 다가오고 있는 것이다.

하지만 이상할 것은 없다.

이곳은 묘지고, 당연히 시신을 묻는 그가 시체를 가져오는 것은 당연한 일이다.

그렇게 수레와 묘지기가 일행을 지나쳐 가는 때였다.

적월이 입을 열었다.

"묘지기 양반."

묘지기가 고개를 돌리는 바로 그때였다.

적월이 옆에서 쉬고 있던 풍천을 갑자기 그를 향해 휙 하니 집어던졌다. 놀란 묘지기가 황급히 고개를 피했고, 그 순간 적월이 손을 뻗자 날아갔던 풍천이 다시금 끌려들어 왔다.

갑작스러운 상황에 던져졌던 풍천이 놀라 새파랗게 질려 있었다. 요기로 모습을 감추고 있어 풍천의 모습이 보이지는 않았지만, 그의 존재에 대해 아는 설화다. 때문에 설화는 지금 적월이 무슨 행동을 했는지 얼추 알 수 있었다.

잠깐 동안 왜 적월이 풍천을 집어 던졌을까 생각했다. 하지만 이내 설화는 중요한 사실을 알아 버렸다.

어떻게 피한 것인가?

적월이 설화에게 풍천을 집어 던졌다면 보지 못해야 정상이다. 왜냐하면 요기로 몸을 감춘 풍천이라는 존재는 인간이라면 볼 수 없어야 정상이니까.

그리고 그 순간 적월이 자리에서 일어나는 것과 동시에 요란도가 뽑혀 나왔다.

쒜엑! 터엉!

요란도가 날아드는 그 순간 묘지기가 수레를 놓으며 뒤로 껑충 날아올랐다.

결코 묘지기가 할 만한 행동이 아니었다.

그리고 그런 묘지기를 보며 적월이 비웃듯이 말했다.

"누굴 속이려 들어."

"……어떻게 알았지?"

"냄새가 안 나잖아, 냄새가."

그럴싸한 위장이었다. 하마터면 적월도 깜빡 속았을지도 모른다. 하지만 단 하나 완벽하지 못한 것이 있었으니 그것이 바로 냄새였다.

시체라면 시체 썩는 냄새가 나야 한다.

그런데 그 냄새가 너무 약하다.

저토록 많은 시신이 뒤섞여 있거늘 왜 그 지독한 악취가 나지 않을까?

적월이 그 말을 내뱉는 순간이었다.

거적때기에 덮여 있던 시신들이 움직였다. 그 모습이 너무나 섬뜩해 설화가 주춤 뒤로 물러났지만, 애초부터 그들은 시신이 아니었다.

거적때기를 치우며 자리에서 일어난 그들이 하나둘씩 수레에서 내려왔다. 그리고 이내 시신들 중 하나의 가슴팍으로 누군가가 손을 밀어 넣었다.

그러자 그자의 몸이 터져 나갔다.

투욱.

살점들이 터져 나가며 그 안에서는 많은 병기들이 쏟아져 나왔다. 몇몇이 같은 일을 반복하자 이내 수십 개의 병기가 갖춰졌다. 혹시 모를 쇳소리가 들리지 않게 진짜 시신 몇 구에 수십 개의 병기들을 틀어박아 놓고 움직였던 것이다.

시신으로 알고 있었던 수십 명이 단번에 주변을 포위했다.

그리고 바로 그때 아직까지 수레에 누워 있던 한 명이 천천히 일어났다.. 그자는 여태까지의 자들과는 조금 달랐다. 품 안에 쏙 들어올 것만 같은 아담한 체구. 그리고 지저분한 얼굴을 천으로 스윽 닦아 내자 그 얼굴이 드러났다.

아름답다.

이 한 마디로밖에 표현할 수 없을 정도로 뛰어난 미모를 지닌 여인이다.

새하얀 얼굴의 그녀가 적월을 물끄러미 바라보며 입을 열었다.

"지옥왕?"

"맞아. 그러는 너는?"

목소리마저 아름다운 그 여인이 웃으며 입을 열었다.

"인주."

상대가 정체를 밝히자 적월은 슬쩍 표정을 구겼다.

인주라면 전에 상대했던 지주와 마찬가지로 혈왕을 따르는 네 명의 회주 중 하나가 아니던가.

일전에 지주와의 싸움에서 곤경에 처했던 것이 기억이 난다. 회주 중 하나라면 적월이라 해도 그리 만만한 상대가 아니다.

적월이 말없이 자신을 바라보고만 있자 인주가 말을 이었다.

"손쉽게 해결하려 했는데 그걸 알아차리네. 그냥 좋게 죽어 줬으면 좋잖아?"

"그러려면 좀 더 완벽했어야지."

"호호, 그러게. 그래서 이번 일이 끝나고 돌아가면 계획을 짠 놈들을 모조리 죽여 버리려고."

수하들을 아무렇지 않게 죽여 버리겠다 말하는 인주의 모습에 그녀가 어떤 성품을 지니고 있는지 단박에 알 수 있었다.

인주가 적월을 바라보며 입을 열었다.

"내놔, 그러면 지금은 살려 줄게."

"뭘 내놓으라는 거야?"

"모르는 척할 거야?"

인주가 다 알고 있다는 듯 의미심장한 미소를 지어 보였다.

사실 인주 또한 지금 적월과 싸우고 싶지 않았다.

급하게 오는 통에 동원한 명객 수가 만족스럽지 못한 탓이다. 마교에서 적지 않은 명객과 지주가 함께 죽었다는 사실을 알고 있는 인주다.

그랬기에 이곳에서 위험을 안고 적월과 싸우고 싶지는 않았다.

근방 요소요소에 숨겨 둔 명객들까지 치면 동원한 명객의 숫자가 사십, 그리고 자신이 있다. 인주의 계산으로 승산은 구 할에서 팔 할.

하지만 그녀는 완벽주의자였다.

십 할의 승산을 자신할 수 없는 이상 싸우는 것이 꺼려지는 것이다.

만약 방심하고 있었던 적월의 기습이 성공했다면 싸웠겠지만, 그게 아닌 이상 우선은 필요한 물건만 회수하는 쪽으로 가닥을 잡은 것이다.

지옥왕은 추후에 죽여도 충분하니까.

인주가 손바닥을 편 채로 손을 쭉 뻗었다.

"내놔, 지혈석."

"빨리도 알아차렸군."

적월 또한 더 모르는 척하기엔 무리라 생각했는지 담담히 말했다. 지혈석이 자신의 손에 있을 거라는 걸 이토록 빠르게 알아차릴 줄은 몰랐다.

하지만 의문이 든다.

어떻게 지혈석을 없애려고 온 천중산에서 하필이면 명객들이 기다리고 있었을까? 단순한 우연이라고 하기에는 무엇인가 미심쩍다.

그런 미심쩍은 의심을 풀기 위해 적월이 물었다.

"여기 내가 왜 온지 알고 기다린 거냐?"

"물론. 지혈석을 명부로 보내려고 하는 거잖아."

인주의 말에 적월은 자신의 생각이 틀리지 않았음을 직감했다.

어떻게 안 것일까?

목적지 정도야 알 수도 있다. 하지만 이곳 천중산에 온 적월의 목적을 아는 이는 자신이 알기로 단 넷뿐이다.

염라대왕과 자신, 그리고 풍천과 요마다.

그 누구도 배신할 거라 의심되는 자가 없는데 대체 어떻게 이 정보가 새나 간 것인가.

지옥에서? 아니면 요마들 사이에 첩자가 있는 것일지도 모른다.

하지만 그런 의문에 대해 해결하는 건 추후의 문제다. 지금 가장 중요한 것은 눈앞에 닥친 명객들을 상대해야 한다는 것이다.

적월이 요란도에 손을 가져다 대며 입을 열었다.

"설화, 풍천, 물러나."

그 둘이 이곳에 말려들면 위험하다.

적월의 명령에 설화는 풍천과 함께 군말 없이 거리를 벌렸다. 하지만 물러서는 설화의 표정은 좋지 못했다. 꽉 쥔 주먹이 부들거리며 떨린다.

항상 이렇다.

보통 인간인 그녀는 적월에게 조그마한 도움조차 되지 못한다. 분하지만 그것이 현실이기에 설화는 적월의 명을 따랐다.

적월의 행동에서 인주는 그의 뜻을 알게 됐다.

"좋게 넘어갈 기회를 버리고 싸우겠다는 거야?"

"그냥 줄 물건은 아니니까."

"십 할 승산이 없는 이상 싸우는 건 싫지만…… 걸어 오면 나도 안 피해."

애초부터 그냥 물건을 넘겨줄 위인이라 생각지는 않았다. 마교에서 수십의 명객들과 지주를 죽였다는 사실이 마음에 걸리기는 하지만…….

지혈석은 이곳에 있는 명객 모두가 죽더라도 회수해야 할 물건이다.

사라락.

등 뒤로 손을 뻗은 인주가 두 자루의 검을 꺼내 들었다. 아담한 인주에게 어울리지 않는 두 자루의 장검, 하지만 그 위력을 본 이후에도 그리 생각하지는 않을 것이다.

인주가 쌍검을 뽑아 들자 명객들 또한 살의를 쏟아 내며 적월을 노려보고 있었다.

주변의 공기가 빠르게 달아오른다.

인주가 쌍검을 앞으로 내밀어 적월을 가리키며 말했다.

"우리를 혼자서 막을 수 있겠어?"

"눈이 어찌 된 거냐? 왜 혼자야. 둘이지."

적월이 옆에 서 있는 몽우를 힐끔 쳐다보며 대꾸했다. 하지만 그런 적월의 태도에 인주가 비웃음을 흘렸다.

"저놈도 낀다고? 호호. 그놈이 누군지는 모르겠지만 저런 서생 같은 자가 낀다고 뭔가 달라질 거라고 생각해?"

"그건 보면 알 일이고."

"미쳤군. 보통 인간이 우리의 상대가 될 거라 생각하다니."

몽우의 실력에 대해 모르는 인주로서는 지금 적월의 말이 단순한 헛소리로 들리는 것은 당연했다. 그리고 그때 여태까지 침묵하던 몽우가 입을 열었다.

"끄응, 여자랑은 싸우고 싶지 않은데."

"……."

인주의 표정이 표독스럽게 변했다.

배려하는 듯한 말투지만, 그것은 상대 나름이다. 자신이 누구인가? 혈왕의 수족 중 하나인 인주다. 그만큼 강인한 자에게 저 같은 말투는 배려가 아닌 도발이 되는 건 당연했다.

인주가 표독스러운 표정으로 입꼬리를 올린 채 말했다.

"지옥왕보다 네놈을 먼저 죽여야겠어. 너 이상하게 기분 나쁘거든."

"이런, 저 싫다는 여인 분은 또 처음이군요. 다들 절 좋아하시던데."

"미친 새끼."

웃으며 말하는 몽우를 보며 인주의 입에서 욕설이 터져 나왔다. 그렇게 욕설을 내뱉는 인주를 보면서 몽우가 말을 이어 나갔다.

"그런데 생각보다 미인이시군요. 몇 번 먼발치에서 본 적 있는데 이 정도일 줄은 몰랐거든요."

"뭐? 날 봤다고?"

"물론이죠. 혈왕 옆에 딱 붙어 계시더군요."

몽우가 내뱉는 말에 인주는 당황스러운 표정을 지어 보였다. 지금 몽우가 내뱉는 말이 선뜻 이해가 가지 않아서다.

"네놈이 어떻게 나와 혈왕 님을 봤단 말이냐?"

"오래전에 명객들을 불러 모으셨으니 볼 수밖에 없었지요. 만약에 말입니다, 오늘 운 좋게 살아서 가신다면 위에 말씀 좀 해 주시지요. 적월에게는 명객 동료가 하나 있다고요. 매번 스스로 명객이라 밝히는 것도 이제 지겹군요."

여유 가득하니 내뱉은 말이지만, 막상 듣고 있는 인주에게까지 그런 건 아니었다. 몽우의 말에 인주는 무척이나 놀란 얼굴로 그를 바라봤다.

지금 저 말이 사실이라면 명객이 지옥왕에게 붙었다는 소리가 아니던가.

인주가 이를 갈았다.

"네놈이 미쳐도 단단히 미쳤구나. 감히 명객이 염라의 개에게 붙어?"

"그거야 제 자유지요."

"결코 널 쉬이 죽여 주지는 않으마. 잡아서 전신의 뼈를 모두 뽑아 버리고, 피 한 방울조차 남기지 않겠다."

"으아, 무서워라."

몽우가 무섭다는 듯이 엄살을 부렸지만 그것은 오히려 화를 돋우기 위한 행동에 불과했다.

"감히!"

두 자루의 검을 뽑아 들고 있던 인주가 그대로 몸을 날렸다. 둘 사이의 공간이 빠르게 좁혀져 들어가며 인주의 손에 들린 두 자루의 검이 쏜살같이 날아들었다.

상대가 명객이라는 사실에 분노가 치밀었지만, 그렇다고 해서 이자가 인주 자신의 상대가 될 거라 생각하지는 않았다.

그건 당연하다.

명객 중에서도 인주는 특별하다. 그리고 이자는 얼굴조차 본 적 없는 그저 그런 명객 중 하나에 불과하다. 제깟 놈이 인주 자신의 쌍검을 막아 낼 리가 없다.

쌍검이 날아드는 순간 뒤로 살짝 몸을 빼던 몽우가 손가락으로 허리춤에 있는 검집을 가볍게 퉁겼다.

투웅!

반동으로 검집 안에 있던 검이 빠르게 위로 솟구쳐 오르며 몽우의 반대편 손아귀 안에 들어왔다.

한 번에 막을 수 없을 것만 같았던 쌍검을 몽우는 그 가벼운 움직임만으로 막아 냈다.

타앙!

"……!"

너무나 쉽게 자신의 공격을 막아 낸 몽우를 인주가 놀란 눈으로 쳐다볼 때였다. 묵룡강마검을 뽑아 든 몽우가 웃으며 입을 열었다.

"너무 가깝네요."

몽우의 한마디에 인주가 화들짝 놀랐다.

번쩍.

"으윽!"

갑자기 파고든 묵룡강마검의 힘에 인주가 뒤로 밀려 나갔다. 간신히 막아 내긴 했지만 들고 있던 쌍검을 떨어트릴 뻔했다.

"인주 님!"

놀란 수하 몇 명이 황급히 달려와 그녀를 보호하듯 감쌌다. 그리고 그때를 맞춰 나머지 인원들이 적월과 몽우를 기습해 들어갔다.

싸움은 갑작스럽게 시작됐다.

수하들의 보호 안에서 인주는 빠르게 상황을 파악했다.

당장 이곳으로 온 인원은 이십 명 정도.

다 동원한다면 사십…… 하지만 오늘 목표는 지옥왕이 아니다. 그가 지혈석을 지옥문을 통해 명부의 세계로 보내는 걸 가장 먼저 막아야 한다.

처음 보는 명객이라는 작자의 실력이 예상을 훨씬 웃돈다. 자신의 검을 가볍게 막아 내고 오히려 그자의 공격에 쌍검을 놓칠 뻔했다.

다른 이도 아닌 인주 자신이 말이다.

승산이 팔에서 구 할이라 생각했거늘 정체불명 명객의 등장으로 오 할 수준으로 떨어져 버렸다.

그렇다면 정면 격돌은 너무 위험하다.

만약 정면으로 붙었다가 저들이 지혈석을 가지고 지옥문으로 가는 걸 막지 못할 정도가 된다면 그것은 최악이다.

인주의 머리가 빠르게 돌아갔다.

'지옥문이 열리는 시각은 고작 일각.'

얼추 지옥문이 열리는 걸 맞춰서 이동했을 것이다. 그렇다면 자신들이 시간을 끌어 지옥문이 열려 있는 동안 적월이 목적지에 도착하지 못하게 한다면 그것만으로 일차적인 목표는 달성하는 것이다.

오늘 천중산에 지옥문이 열린다면 한동안 다시금 이곳에서 지옥문이 열리는 건 불가능하다. 지옥문이라는 것 자체가 이승의 균형을 일그러트린다.

그런 지옥문이기에 하루에 열리는 시각이 고작 일각에 불과했고, 수백여 군데가 넘는 곳에서 번갈아 가며 생성되는 것이다.

오늘 막아 낸다면 최소한 한 달 가까이는 다시금 이 같은 일을 벌이지 못할 게 분명하다.

그거면 충분하다.

만약 이곳에서 이기지 못한다고 해도 인주는 한 달이라는 시간을 벌 수 있다. 그 정도라면 애초부터 계획했던 작전을 실행할 수 있을 것이다. 그리고 만약 운이 좋다면 지옥문에 시간을 맞추지 못하게 하고 오늘 이 자리에서 지혈석을 빼앗을 수도 있다.

그렇다면 지금 무엇을 해야 할지는 명확해진다.

마교의 일과 지혈석을 잃어버린 일로 한 번 혈왕의 눈 밖에 난 인주다. 그랬기에 지금 이 임무를 무조건 완수해야 한다는 생각만이 머리를 맴돌았다.

'시간을 끌어야 돼.'

생각이 정리된 인주가 빠르게 수하들에게 명령을 내렸다.

"치고 빠지라고 시켜. 최대한 시간을 끌도록. 이십 명 중에서 여섯 명…… 아니, 다섯 명 이상이 죽으면 빠져서 다시 내가 있는 곳으로 합류해. 난 나머지 명객들을 규합하러 간다."

"존명."

주변을 지키던 명객들이 명령을 받고 빠르게 싸움터로 달려들었다.

적월의 요란도가 미친 듯이 요기를 토해 낸다.

그리고 그 옆에 서 있는 몽우 또한 달려드는 명객들을 가볍게 받아 내고 하나둘씩 밀어붙이고 있다.

인주는 황급히 자리를 떴다.

다른 요소요소에 박아 둔 명객들을 모두 한자리에 모아야 한다. 그리고 명객의 목숨을 써서라도 계속해서 시간을 벌어야 한다.

'일각에 명객 셋.'

명객의 목숨 값이다.

세 명의 목숨으로 일각씩을 번다.

반 시진이면 열둘…….

남은 인원은 서른이 조금 안 될 것이지만 거기에 자신도 있다. 제아무리 저들이 강하다 해도 열두 명에 달하는 명객을 죽이는 동안 멀쩡하지는 못할 것이다.

제대로 된 싸움은 그때 벌인다.

지쳐 있는 저 둘을 자신과 남은 명객들이 죽인다.

그래도 상대하기 어렵다면 물러났다가 기회를 보면 그뿐.

멀어지는 인주가 힐끔 고개를 돌려 전장을 바라봤다. 인주의 명령대로 명객들은 시간을 끌기 위해 주변을 돌며 공격을 가할 뿐, 제대로 안으로 파고들지 않았다.

인주가 그런 그들의 모습을 확인하며 고개를 끄덕였다.

이번 일은 반드시 성공해야 한다.

만약 이번 일도 실패한다면…… 혈왕이 그녀를 용서치 않으리라.

第十章
작은 임무

반드시 완수할게요

파앙!

검을 막아 낸 적월이 곧바로 요란도를 휘둘러 상대를 제압하려고 할 때였다. 치고 들어왔던 명객의 몸이 빠르게 빠져나간다.

공격하자마자 빠르게 거리를 벌리고 물러나니 적월은 짜증이 잔뜩 나기 시작했다.

이건 애초부터 싸울 마음이 없는 것이다.

그들은 치고 빠지고를 반복하고 있을 뿐 제대로 적월과 싸울 생각이 없어 보였다. 그들의 이런 행동이 어떤 목적을 지니고 있는지 적월 또한 금세 알아차린 상태다.

상대들이 녹록한 자들이었다면 이건 아무런 문제도 아니었을 것이다. 그대로 밀고 들어가 도망치는 다리를 분질러 버리면 그만이니까.

문제는 그들이 만만한 상대가 아니라는 거다. 명객들, 그것도 이십 명에 달한다. 그냥 무리해서 들어갔다가는 그 많은 명객의 공격을 동시에 받아야 할지도 모른다.

만약 몽우가 옆에서 버텨 주지 않았다면 적월은 지금보다 갑절 이상은 힘들었을 게다. 뒤에 몽우가 있기에 적월은 앞과 한쪽 옆만 신경 쓰면 그만이었다.

지지부진한 상황이 이어지자 적월은 요력을 조금 더 끌어올렸다. 이렇게 시간을 끌어 지옥문으로 가지 못하게 하려는 수작이 눈에 훤하다. 그런 장단에 맞춰서 놀아 줄 생각은 없다. 요란도에 요력이 덧씌워지며 그 힘이 하늘을 찌를 듯 솟구쳤다.

쿠웅!

날아든 적월의 요란도가 땅을 내려치는 그 순간 사방으로 요력이 찢어져 분산됐다. 그 공격에 명객들은 뒤로 물러나며 다시금 거리를 벌렸다.

하지만 이내 그들은 거리를 좁히며 적월의 움직임이 용이하지 않도록 방해했다.

'젠장.'

모든 요력을 긁어모아 당장에 상대들을 모두 쓸어버리고 싶다. 하지만 선뜻 그렇게 하지 못하는 것은 일전에 겪었던 일 때문이다.

지주와의 싸움에서 적월은 모든 요력을 사용하고 위기를 맞이했었다. 그때보다 지금의 상황이 결코 좋다 말할 수 없다.

똑같은 회주가 있지만 이들 명객의 숫자가 어느 정도일지 감이 안 오기 때문이다. 하나 일전의 지주의 일도 있으니 결코 그때보다 못한 숫자로 자신을 막으러 오지는 않았을 터다.

그랬기에 적월은 일전과 다르게 요력을 최대한 아끼며 적들을 상대하고 있다.

팡팡!

대치한 지 일각, 그리고 죽인 자의 숫자는 셋이다. 적월은 모르고 있었지만 이것은 인주가 딱 계획했던 대로였다.

스무 명이 덤비기보다는 합심하여 방어만 해 대니 죽이는 것이 여간 골치가 아니다. 하지만 그렇다 해서 이대로 인주의 계획대로 놀아나서는 안 됐다.

적월이 몽우에게 전음을 날렸다.

— 치고 나간다. 뒤를 부탁할게.

— 적당히 하라고. 그때처럼 지쳐 쓰러지면 안 되니까.

적월은 고개를 끄덕였다.

다소 무리를 하더라도 우선은 이들을 잘라 내야 한다. 그랬기에 적월은 그 즉시 전신에 있는 요력을 빠르게 회전시켰다.

수라혈마공을 대신하여 내공처럼 움직이기 시작한 요력이 요란도에 스며든다.

후우우.

귓가에 낮은 울음소리가 들리는 듯하다.

무덤가에서 시작되었던 싸움. 새하얀 기운이 붉은 핏빛으로 물든다. 주변으로 깔리는 이 낮은 울음소리는 흡사 망자의 울부짖음 같다.

천마신공 다섯 번째 초식인 천마대수라강기를 펼치려는 것이다. 생성되어 가는 강기의 가닥을 바라보던 명객 중 하나가 위험을 감지하고는 빠르게 말했다.

"다음 장소로 움직여!"

"늦었어."

나지막한 적월의 목소리. 그리고 그때 적월의 요란도에서 요력을 머금은 강기들이 날아들었다. 명객들 또한 뛰어난 무공을 지닌 무인들이다. 지금 이 강기에 담긴 힘이 상상조차 하지 못할 정도라는 걸 단번에 알아차렸다.

아홉 개의 강기의 가닥이 황급히 빠져나가는 그들의 뒤를 덮쳤다.

그리고 그 강기의 가닥과 함께 적월 또한 그들을 향해 날아들고 있었다. 요란도가 제일 후미에 있는 자의 뒤를 잡았다.

쒜엑!

요란도가 그대로 명객 하나의 등을 쪼갰다.

하지만 공격은 끝이 아니었다. 등을 쪼개는 것과 동시에 뻗어진 요란도는 다른 자의 허리를 노렸다. 적월은 그렇게 명객들의 진형을 반으로 가르며 서슴없이 파고들어 갔다.

뒤에서 공격을 받을지도 모르는 무리한 진입, 하지만 그건 전부 몽우가 있기에 할 수 있는 행동이었다.

예상대로 빠르게 뒤쫓아 온 몽우가 적월을 노리는 다른 명객들의 공격을 빠르게 받아 냈다. 그뿐만이 아니다. 몽우 또한 단번에 명객 하나의 목을 날려 버렸다.

내공이 아닌 요력으로 만들어진 천마대수라강기에 이은 적월과 몽우의 협공, 순식간에 명객 여섯 명이 죽어 쓰러졌다.

이 무리의 전권을 위임받은 명객의 안색이 굳어졌다. 지금 죽은 여섯과 아까 죽은 자들을 합치면 그 수가 아홉이다.

여섯 명이 죽으면 즉시 빠지라는 인주의 명.

하지만 이미 그 명령보다 훨씬 많은 숫자의 명객들이 죽어 나갔다. 상황이 좋지 않다.

그가 다급히 외쳤다.

"후퇴! 후퇴!"

명령을 받은 명객들은 싸울 생각을 버리고 빠르게 빠져나가려 들었다. 하지만 그렇게 뒤돌아서서 도망치는 그들은 적월에게 오히려 기회를 만들어 줬다.

하늘로 솟구쳐 오른 적월이 그대로 명객 하나를 뒤에서 덮쳤다. 명객은 날아드는 요란도를 막기 위해 몸을 틀었다.

타앙!

요란도를 검으로 막아 냈다.

하지만 떨어져 내리며 휘두른 요란도의 묵직한 힘에 그가 뒷걸음질 칠 때였다. 적월의 발이 그대로 명객에게 틀어박혔고, 옆에 서 있던 몽우의 검이 번개처럼 그자의 목을 베고 지나갔다.

적월과 몽우가 한 명의 명객을 더 처리하는 동안 나머지 인원은 뒤도 돌아보지 않고 썰물 빠지듯이 숲 사이로 사라져 갔다.

명객들이 모두 사라지자 적월은 그제야 요란도를 땅에 틀어박으며 숨을 몰아쉬었다.

"후우."

"괜찮아?"

"그때만큼은 아니야."

서른 명에 달하는 명객들을 모두 쓸어버렸을 때는 천마신공의 마지막 초식인 천마파력육환련을 사용했다. 그때는 요력으로 그 무공을 사용하는 것 자체만으로 기진맥진했다.

그랬기에 이번에 적월은 덜 위력적이더라도 요력의 소모가 적게 들 수 있는 무공을 사용했다.

천마대수라강기는 내공의 소모가 천마파력육환련의 오분지 일밖에 되지 않는다. 요력도 그와 비슷했다. 그리고 한 번 요력을 모두 사용해 위기에 처했던 경험 때문인지 적월은 어느 정도 계산하여 무공을 펼쳤다.

많은 요력이 빠져나가 지치긴 했지만 싸울 힘은 여전하다. 적월이 다른 이들을 바라보며 말했다.

"어서 가자. 또 놈들이 막으러 올 거야."

퍼억!

적월의 요란도가 또 명객 한 명의 복부에 틀어박혔다. 그리고 그 순간 주변을 에워싸고 있던 명객들이 빠르게 빠져나갔다.

하지만 적월은 그 뒤를 쫓지 않았다. 어차피 멀지 않은 곳에서 저들을 다시 만날 수 있을 거라는 걸 잘 알고 있기 때문이다. 대체 몇 번이나 반복된 상황인지 세기조차 귀찮을 정도다.

싸우고 나서 반 각도 지나지 않아 명객들이 길을 막아선다.

그리고 그들은 두어 명이 죽으면 그 즉시 후퇴를 반복한다.

계속되는 시간 끌기에 적월은 점점 조급해져만 갔다.

시간이 없다.

스무 명이 조금 넘는 명객들을 죽였고, 그들이 번 시각은 상상보다 컸다.

바로 그때, 시간이 흘러가고 있다는 사실에 안절부절못하던 풍천이 화들짝 놀라며 고개를 옆으로 돌렸다. 그리고 이내 적월도 주변으로 미약한 요기가 퍼져 나오고 있음을 알아차렸다.

"……열린 거냐?"

"네, 두목."

지옥문이 열렸다.

그렇다면 이제부터 주어진 시간은 고작 일각이다.

문이 닫히기 전까지 그곳에 도착해 지혈석을 처리해야 한다.

적월이 거칠게 요란도를 들어 올렸다. 그러고는 소매로 흐르는 땀과 적들의 피를 닦아 내며 입을 열었다.

"여기서 얼마나 걸리지?"

"그냥 가면 반 각이 조금 더 걸리죠. 다만……."

풍천이 쉽사리 말을 잇지 못했다.

지옥문이 열린 사실을 알아차린 것은 자신들뿐만이 아닐

것이다. 명객들 또한 이 사실을 알아차렸을 테니 이제부터 그들은 물러서지도 않고 적월 일행을 막을 것이다.

여태까지 빠져 있었던 인주도 이번 싸움에서는 합류할 공산이 크다. 인주와 남은 명객들을 반 각도 남지 않는 시간 안에 처리할 수 있을까?

불가능하다.

더군다나 그곳까지 가는 시간도 계산한다면 막히는 순간 이미 이 계획은 실패다. 적월이 가만히 선 채로 잠시 생각에 잠겼다. 그런 적월을 보며 풍천이 다급하게 말을 걸었다.

"두목! 시간이 갑니다. 어서 움직이셔야……."

"설화!"

"네?"

갑작스럽게 적월이 자신을 부르자 여태까지 멀찍이에서 이야기를 듣고만 있던 설화가 반문했다.

그런 설화를 적월이 바라봤다.

잠시 그녀를 바라보던 적월이 품속으로 손을 집어넣었다. 그러고는 이내 전낭 주머니 안에 있는 지혈석을 꺼내 설화에게 휙 던졌다.

황급히 지혈석은 건네받았지만 설화는 무슨 영문인지 모르겠다는 듯 적월을 바라봤다. 이 말캉거리는 물건을 자신에게 건넨 저의를 모르겠다.

적월이 말했다.

"네 손에 들린 그게 지혈석이다."

"지혈석이라면……."

"지금 이 명객들이 노리는 물건이지. 상황은 아까 인주가 나타나 말해서 대충 알겠지만 나는 이걸 지옥문에 던져 넣기 위해 이곳으로 온 거야."

"네, 그런데 왜 그런 중요한 물건을 제게 주는 거죠?"

"설명할 시간 없으니 듣기만 해."

적월이 날카롭게 말하자 설화는 고개를 끄덕였다.

그리고 적월이 그런 설화를 향해 말을 이어 나갔다.

"지옥문이 열리는 시각은 고작 일각이야. 그 안에 해결하지 못하면 문이 닫히고 계획은 실패하지. 놈들이 다시 한 번 나를 막게 되면 시간 안에 도착하는 게 불가능해. 그러니까 그 일을 네가 해."

"……."

설화가 놀란 눈으로 적월을 바라봤다.

계획을 전해 들은 풍천이 놀라서 말했다.

"인간의 눈에는 지옥문이 안 보이……."

"넌 보이잖아!"

"무, 물론 그렇죠."

"그럼 네가 보고 설화가 집어 던져서 넣는 건 돼, 안 돼?"

"됩니다."

원래부터 명부의 물건이었기에 그런 식으로 지옥문을 통해 이동시키는 게 가능했다.

풍천의 대답을 듣고 적월이 바로 말했다.

"좋아, 설화가 이걸 가지고 풍천과 함께 이동해. 그리고 그 지옥문이 있는 곳에 도착하면 풍천이 위치를 말해 주고 설화 네가 그 지혈석을 던져 넣으면 돼."

설화가 적월의 말을 가만히 듣고만 있었다.

그리고 적월이 말을 이었다.

"놈들은 나와 몽우의 움직임을 쫓을 거야. 그러니 설화 너와 풍천이 해내야 해. 알겠어?"

"……해 볼게요."

어찌 보면 간단한 임무다. 그리 멀지 않은 목적지로 가서 이 물건을 그냥 던져 넣기만 하면 그만 아닌가.

물론 그것이 무척이나 중요한 것이긴 하지만 임무 자체만 보면 그리 어렵지 않다.

설화의 대답에 적월이 다가와 그녀의 어깨를 꽉 잡으며 말했다.

"이 물건은 놈들 손에 들어가면 안 되는 중요한 물건이야. 부탁한다."

"네. 반드시 해낼게요."

설화가 고개를 끄덕였다.

항상 적월에게는 짐만 됐다. 무엇인가 도움을 주고 싶어도 자신이 해 줄 수 있는 것은 아무런 것도 없었다. 그것이 항상 마음에 걸렸거늘…… 적월을 위해 뭔가 해 줄 수 있다는 사실에 설화는 기분이 나쁘지 않았다.

또 그랬기에 반드시 성공하고 싶었다.

그 무엇도 해 줄 수 없는 자신이 적월에게 처음이자 마지막 도움이 될 수 있는 상황이었으니까.

적월이 빠르게 말했다.

"나와 몽우는 가장 빠른 길로 간다. 너희는 다른 길로 돌아서 오도록 해. 일각이 있으니 돌더라도 충분할 거야."

"그렇게 할게요."

이미 품 안으로 지혈석을 숨긴 설화가 대답했다.

적월이 빠르게 몽우에게 다가가며 입을 열었다.

"가자."

"……그러지."

몽우는 적월의 뒤를 따라 빠르게 움직이기 시작했다. 그러면서 그는 뒤를 힐끔 바라봤다. 샛길을 통해 사라지는 설화와 풍천의 모습이 보인다.

'이러면 안 되는데.'

일이 이렇게 되면 명객들이 시간을 끄는 게 아니라 반대의 상황이 되어 버린다. 오히려 적월과 자신이 명객들을 붙잡아 두고 설화가 지혈석을 명부의 세계로 보내는 걸 방해하지 못하게 하는 꼴이 된다.

인주가 스스로 짜 놓은 계획에 빠져 버리는 것이다.

적월의 생각대로 일이 진행될 것이다.

요기가 느껴지는 길목과 적월이 올라가는 길이 일치하니 의심하지도 않을 게다. 그들은 적월 일행을 막을 테고 그사이에 다른 길을 통해 간 설화와 풍천이 임무를 완성할 것이다.

'……'

몽우가 입술을 질끈 깨물었다.

결단을 내려야만 했다.

— 듣고 있느냐.

몽우의 전음이 꽤나 멀리에 있는 누군가를 향해 날아들었다. 그리고 이내 전음에 대한 답이 돌아왔다.

— 넵.

— 가서 인주에게 전해.

잠시 눈을 질끈 감았던 몽우가 다시금 그 정체불명의 인물을 향해 전음을 날렸다.

— 적월이 아닌 다른 두 명이 지혈석을 지니고 샛길을 통해 목적지로 가고 있다고. 거길 막아야 한다고. 시간이 없으니 빠르게 전해.

— 알겠습니다.

전음을 끝낸 몽우가 다시금 입술을 잘근잘근 씹었다. 이 말을 듣는다면 인주 패거리 또한 두 개로 나눠질 것이다. 아마도 명객들로 적월을 막을 테고, 인주 자신은 설화와 풍천이 있는 곳으로 갈 공산이 크다.

그리고 인주와 조우하게 된다면…… 설화와 풍천은 죽을지도 모른다.

그랬기에 망설였다.

설화와 풍천과 은근히 정이 든 몽우다.

설화는 퉁명스럽고, 풍천은 자신을 싫어한다. 그럼에도 불구하고 몽우는 최근의 삶이 제법 재미있었고 그 둘도 싫지 않았다.

오랜 시간을 살며 이렇게 사는 게 즐거웠던 적이 있었던가?

아마도 그날 이후로 없었을 게다.

하지만 그런 행복을 버리면서까지 해야만 할 일이 있는 것이다. 그것이 설령 훗날 큰 후회가 되어 돌아온다 할지라도 지금 몽우는 이런 선택을 할 수밖에 없었다.

그게 몽우의 삶의 의미였으니까.

'미안합니다.'

그저 속으로 수도 없이 미안하다는 말만 되뇔 뿐이다.

반 각가량을 달렸을 때였다.

적월이 멀찍이에서 자신들을 기다리는 명객을 발견하고는 나지막이 중얼거렸다.

"역시나 기다리고 있군."

"……그러게."

몽우의 시선이 명객들을 빠르게 훑었다.

스무 명에 가까운 숫자, 그리고…… 그 안에 인주는 없었다.

* * *

샛길로 빠진 설화와 풍천은 은밀하게 움직였다.

다소 돌아가는 길이긴 했지만 어차피 목적지와는 그리 멀지 않은 곳이었다. 나무와 수풀이 울창했기에 오히려 몸을 숨기기도 용이했다.

둘은 최대한 기척을 숨긴 채로 움직였다.

그리고 이내 둘의 눈앞에 폭포가 나타났다. 조그마한 폭포는 추운 날씨 탓에 제대로 물조차 쏟아 내지 못하고 있었다. 그리고 그 폭포의 뒤편으로 아주 조그마한 구멍이 하나 눈에 들어왔다.

바로 저 안에 지옥문이 열려 있었다.

목적지를 눈으로 확인하자 풍천이 안도의 한숨을 내쉬었다.

"다 왔습니다. 저 동굴로만 들어가면 바로 지옥문이 있을 겁니다."

설화는 말없이 가볍게 고개를 끄덕였다.

잠깐 주변을 둘러본 둘이 이내 빠르게 움직였다.

동굴의 입구에 이른 둘이 안으로 들어가려고 할 때였다. 풍천과 설화가 멈칫했다. 그 이유는 바로 동굴의 조금 안쪽에 커다란 바위가 길을 막고 있는 탓이었다.

놀란 풍천이 중얼거렸다.

"어어? 웬 돌이……."

설화는 망설이지 않았다.

"비켜요."

풍천이 옆으로 물러서는 순간 설화가 주먹을 내뻗었다. 내공이 실린 일장이 돌 정중앙을 가격했다.

쿠우웅!

낮은 울림과 함께 돌이 갈라지기 시작했다.

커다란 돌이 단번에 수십 조각으로 나눠지며 떨어졌다. 그리고 돌이 사라지자 이내 동굴 안의 모습이 눈에 들어왔다.

동굴 안은 평범했다.

깊이도 그리 깊지 않았고, 또 별반 이상한 것도 보이지 않았다. 물론 그건 설화의 시선에서였다. 요마인 풍천의 눈에는 새빨갛게 타오르는 지옥문의 입구가 보였다.

"저기예요!"

풍천의 말에 설화는 품 안에 지니고 있던 지혈석을 꺼내 들었다. 지혈석이 빛을 토해 내자 풍천은 저절로 움츠러들었다.

설화가 그 지혈석을 든 채로 황급히 풍천이 가리킨 곳으로 향할 때였다.

"쥐새끼처럼 어딜 가는 거야?"

밝은 목소리, 하지만 그 목소리를 듣는 순간 설화와 풍천은 소름이 오싹 돋았다.

뒤편에서 들려온 목소리의 주인공이 누구인지 너무나 잘 알았기 때문이다.

인주다.

"호호, 설마설마했는데 진짜였네? 인간에게 지혈석을 건네줄 줄은 생각도 못 했는데…… 이거 완전히 뒤통수 맞을 뻔한 거 아냐?"

설화는 움찔하면서도 조심히 가슴팍까지 올렸던 손을 조금 더 위로 향했다. 그때 뒤편에 서 있던 인주가 입을 열었다.

"네가 저 안으로 지혈석을 던져 넣는 게 빠를까, 아니면 내가 네 목을 따는 게 빠를까?"

단순한 위협이 아니다.

설화가 손을 움직이는 것보다 인주 그녀가 목을 베는 것이 더 빠를 것이다.

설화가 입술을 깨물었다.

죽어서라도 지옥문 안에 던져 넣을 수 있다면 망설이지 않았을 것이다. 하지만 저 안에 던져 넣기도 전에 이미 죽을 테니 그것은 불가능한 일이다.

어깨만 움찔하거나, 내공을 사용하려는 즉시 인주의 검이 날아들 것이다.

인주가 입을 열었다.

"지혈석을 순순히 넘겨. 그러면 살려 줄게. 어차피 뭘 해도 안 된다는 거 알잖아? 그러니 목숨이라도 건지는 게 현명하지 않을까?"

인주는 여유가 있었다.

저런 인간보다 빠르게 움직일 자신도 있었고, 이렇게 시간이 조금씩 흘러갈수록 유리한 것도 자신이라는 걸 너무나 잘 알기 때문이다. 이미 지옥문이 점점 닫힐 신호를 보내고 있다.

이 정도면 이제 지혈석은 자신의 손에 들어온 것과 다름없다.

이 물건을 혈왕에게 가져다 바칠 생각에 인주는 희열에 감싸였다. 물건을 건네준다 해도 딱히 살려 줄 생각은 없다. 그리고 설령 그냥 주지 않는다 해도 마찬가지다.

그냥 주는 것이나 죽여서 뺏나 결과는 같으니까.

다만 아주 조금이라도 빨리 지혈석을 만져 보고 싶었기에 이 같은 제안을 한 것뿐이다.

풍천이 울상을 한 채로 입을 열었다.

"어떻게 하죠? 문이 닫히고 있어요."

"……."

설화가 가만히 선 채로 지혈석을 꽉 움켜잡았다.

자두보다 조금 더 큰 크기의 물건이다.

이 물건을 그냥 저 인주라는 자에게 넘기는 게 현명한 선택일까?

아니. 그건 가장 멍청한 짓이다.

준다고 해서 살려 줄 거라 생각지도 않고, 생명을 부지하기 위해 그러고 싶지도 않다.

다른 이도 아니다.

적월의 부탁을 받았다.

항상 도움도 되지 못했던 자신이 적월을 도울 수 있는 유일한 기회였다. 그런데 그런 중요한 물건마저 적에게 빼앗길 수 없다.

다만, 문제는 넘기지 않는다고 해도 지킬 방법이 없다는 것이다.

어떻게 해야 할까?

솔직히 말해 죽는 것은 이미 기정사실이다.

설화는 지금 살 방법을 생각하는 것이 아니었다.

죽어도 좋다. 죽어도 좋으니 이 물건만은 저 인주의 손에 넘어가게 해서는 안 된다.

하지만 지옥문에 던져 넣으려다가는 바로 죽고, 그대로 이 물건을 빼앗길 뿐이다.

다른 방법이 필요하다.

인주의 눈을 속여야 한다.

이 물건을 지옥문에 넣을 수는 없다. 하지만 이걸 사라지게만 만들 수 있다면…….

설화의 손에 말캉거리는 감촉이 느껴진다.

바로 그 순간이었다.

설화의 머릿속에 빠르게 한 가지 생각이 스쳐 지나갔다. 속일 수 있을지도 모른다.

— 아직 지옥문이 열려 있나요?

전음을 날리자 풍천이 그녀를 바라보며 고개를 끄덕였다. 그러자 그 순간 설화는 가슴팍까지 올렸던 손안에 있던 지혈석을 손가락 끝으로 스리슬쩍 올렸다.

손가락 끝으로 지혈석을 잡으니 그것이 입가에까지 닿는다.

그 순간 설화는 그것을 입안에 넣었다.

제법 큰 크기인지라 쉽지 않았지만 설화는 지혈석을 입안에 넣은 채로 꿀꺽 집어삼켰다.
　주변에 퍼지던 영롱한 빛이 입안으로 들어가며 사라졌다.
　여유만만하게 웃고만 있던 인주의 얼굴색이 변했다.
　"너, 너……."
　설화가 몸을 돌렸다.
　이미 지혈석을 삼켜 버린 후였기에 전혀 티도 나지 않았다. 식도를 타고 자두만 한 크기의 지혈석이 내려가며 고통이 밀려들었지만 전혀 내색하지 않고 태연히 말했다.
　"그러게 시간을 주면 안 되죠. 그러니까 지혈석을 지옥문에 던져 넣잖아요."
　"거짓말! 넌 움직이지도 않았어!"
　"그럼 어디 있다는 거죠? 땅에라도 감췄을까요?"
　"이익!"
　인주의 두 눈에서 불똥이 튀었다.
　당장에 저놈을 갈기갈기 찢어 버리고야 말 것이다.
　어떤 수를 쓴 것일까? 대체 어떤 수를 썼기에 지혈석이 사라진 것인가. 지혈석은 자연스레 빛을 토해 내는 물건이다. 만약 지니고 있다면 그 빛이 새어 나오지 않을 리가 없다.
　몸속에 갖추는 기색도 느껴지지 않았는데 갑자기 지혈석이 빛이 사라졌다.

그 말은 곧 정말로 지혈석이 저자에게 없다는 말이 된다.

"정말로…… 지옥문에 던졌다고?"

인주가 화를 꾹꾹 참으며 말을 던졌다.

그리고 그런 인주를 똑바로 바라보며 설화가 고개를 끄덕이며 답했다.

"네. 지금쯤이면 명부에 돌아가 있겠군요."

"끼야아아악!"

인주가 날카로운 고함을 내질렀다.

미친 듯이 소리친 인주의 두 눈에서 피눈물이 흘러내렸다. 공포스러운 그 광경에 설화 또한 손끝이 떨려 왔다.

하지만 후회는 없다.

'됐어. 이렇게라도 도움이 되었으니…….'

아버지의 복수를 다 못 하고 가는 게 못내 서러웠지만 굳게 믿고 있다. 적월이 언젠가는 자신과 아버지의 복수를 해 줄 거라고.

설화가 풍천을 향해 마지막으로 전음을 보냈다.

— 가요. 그리고 적 소협에게 말해 줘요. 내 시체에 지혈석이 있으니 반드시 회수하라고.

— ……네.

설화의 모습에 풍천은 고개를 푹 수그렸다.

그렇지만 풍천은 쉬이 발이 떨어지지 않았다.

죽음을 앞두고 있는 설화의 담담한 모습에 오히려 가슴이 아프다.

인주가 피눈물이 뚝뚝 떨어지는 눈으로 설화를 노려봤다.

"죽여 주마."

"애초에 살 생각도 없었으니 마음대로."

설화가 밀려드는 두려움을 애써 참으며 담담하게 대꾸했다. 죽는 그 순간까지도 당당함을 잃고 싶지 않았다.

자랑스러운 화룡검문 설씨 문중의 하나뿐인 혈육으로서 그렇게 죽을 것이다.

설화가 검을 끄집어냈다.

상대가 되지 않음은 알지만……

그래도 싸운다.

"건방진!"

인주가 달려들기 직전 설화가 발끝으로 머뭇거리는 풍천을 툭툭 쳤다.

가라는 신호다.

그런 그녀의 마음을 알아서인지 풍천은 어렵게 몸을 돌렸다. 설화에 대한 분노로 주변을 제대로 인식 못 하고 있는 지금이 기회다.

풍천이 동굴 벽에 붙은 채로 기회를 엿볼 때였다.

따끔.

작은 임무 303

"……?"

설화가 자신의 손가락 끝을 바라봤다.

왠지 모를 고통이 치밀어 오른다. 그리고 그 고통은 이내 손가락을 타고 점점 퍼져 가기 시작했다.

설화의 몸 안에서 빛이 쏟아져 나왔다.

그런 기이한 상황에 분노로 달려들려던 인주조차 멈추고야 말았다.

거대한 힘의 소용돌이가 설화의 몸 안에서 꿈틀거리다가 터져 나왔다.

그 빛에 노출된 인주의 안색이 굳어졌다.

이건……!

'요, 요력이야.'

〈다음 권에 계속〉